Hüsn ü Aşk

Texts and Translations

Members of the series board who approved publication of this volume: Irène Assiba d'Almeida, Edward M. Gunn, Rachel May, Breon Mitchell, José Rabasa, Margaret F. Rosenthal, and Kathleen Ross (chair)

The Texts and Translations series was founded in 1991 to provide students and teachers with important texts not readily available or not available at an affordable price and in high-quality translations. The books in the series are intended for students in upper-level undergraduate and graduate courses in national literatures in languages other than English, comparative literature, ethnic studies, area studies, translation studies, women's studies, and gender studies. The Texts and Translations series is overseen by an editorial board composed of specialists in several national literatures and in translation studies.

For a complete listing of titles, see the last pages of this book.

ŞEYH GALIP

Hüsn ü Aşk

Edited and introduced by
Victoria Rowe Holbrook

The Modern Language Association of America
New York   2005

© 2005 by The Modern Language Association of America
All rights reserved. Printed in the United States of America

For information about obtaining permission to reprint material from
MLA book publications, send your request by mail (see address below),
e-mail (permissions@mla.org), or fax (646 458-0030).

Library of Congress Cataloging-in Publication Data
Şeyh Galip, 1757 or 8-1799.
Hüsn ü Aşk / Seyh Galip ; edited and introduced by
Victoria Rowe Holbrook.
p. cm.
In romanized Ottoman Turkish with introduction in English.
ISBN 0-87352-933-2 (paper)
I. Holbrook, Victoria Rowe, 1952–   . II. Title.
PL248.S387H87 2005
2005050131
ISSN 1079-252X
ISBN-13: 978-0-87352-933-4 (paper)

Cover illustration of the paperback edition: couplet 55 of Galip's work is
drawn by Ali Alparslan, professor of calligraphy at Mimar Sinan University

Printed on recycled paper

Published by The Modern Language Association of America
26 Broadway, New York, New York 10004-1789
www.mla.org

TABLE OF CONTENTS

INTRODUCTION

Şeyh Galip's Ottoman Turkish romance *Hüsn ü Aşk* seems a familiar tale.[1] The story of a hero who matures through trials to win his beloved is universal. That the hero is named Aşk and the heroine Hüsün seems a recognizable allegory. But that is only partly true.

The writing of Turkish romances in rhyming couplets had become rare in Galip's time. *Hüsn ü Aşk,* finished in 1783, is short for the genre. The classics often ran to five or six thousand verses. Galip, characteristically boastful, made it clear that he considered his contemporaries mediocre and his work to be in the line of the greatest romances of his predecessors, whom he named. In retrospect his contemporaries have been judged undistinguished, and *Hüsn ü Aşk* is widely considered the greatest work of Ottoman literature. In fact Galip handled his tradition in such a way that his work is both an innovation and a summary of it. Integrated into the work are many of the tradition's major themes and debates *and their historical development.* In this way *Hüsn ü Aşk* can be the best introduction to Islamic literature there is. The work is short, because it is highly condensed—he referred to stories, themes, and arguments his readers knew and didn't need recounted, only indicated. That this is done with a sense of humor, often wild humor, and virtuoso fun is another pleasure. The work is an extraordinary mixture of wide-eyed fairy tale and formidable erudition.

Galip was born into an Istanbul family that for generations had been closely tied to the Mevlevi dervish order, named after Mevlana Jelaleddin Rumi, the famous mystic poet, presently the best-selling poet in the United States. To call Rumi a mystic does not evoke the breadth of work typical of the Muslim sages known for writing many volumes in verse of ethical teachings based on a distinctive ontology expounded in tales. That ontology was not named; rather it was generally assumed, so much so that it could almost be called the medieval Muslim worldview, but not quite. It still remains a way of seeing things, and it was never so unquestioned that it could be said to characterize the age or the religion. It was elaborated early in Muslim history and was always disputed, even as it became more widely accepted as time went on, especially in the Ottoman Empire. In Ottoman times the ontology was associated with Ibn Arabi and his Turkish school and some-times referred to by the term *vahdet-i vücut* ("the unity of being"). It is the *vahdet-i vücut* ontology that accounts for much of what would not, to a reader untutored in the tradition, be famil-iar about *Hüsn ü Aşk*.

Galip wrote in the Turkish tradition combining the teachings of Rumi and Ibn Arabi, or perhaps more accurately in many cases, interpreting Rumi through Ibn Arabi. Rumi was born in Balkh, settled in Anatolia with his family as a youth, wrote in Persian, and died in 1272. Ibn Arabi was born in Murcia, traveled widely throughout much of his life, wrote in Arabic, and died in Damascus in 1240. Together they were the most powerful influences on Ottoman religion and literature; Ottoman thought became organized in ways Ibn Arabi initiated, much as Christian thought remained for centuries organized in ways Saint Thomas Aquinas articulated. Galip was born in Istanbul in 1758, appointed şeyh of the Galata Mevlevi House in Istanbul in 1790, and died in 1799. To say *Hüsn ü Aşk* was written in that tradition means specific things for interpretation of the work, and Galip made these criteria explicit by way of his allusions.

Aşk and Hüsün are allegorical figures, but not just allegories of qualities; they represent God's qualities. They are not exactly allegories of God's qualities because every thing in the world is made of God's qualities and represents them in something like an allegorical manner. As the Koran tells us, every thing in the world is a sign of God. So an allegory of God's qualities can in a sense be a description of reality. Aşk's journey is that of all humanity through stages of being, each stage having its proper realm. Aşk meets a demon who wants to eat him; a witch who wants to marry him; and the illusory Duhter-i Şah-ı Çin, who traps him in her Kale-i Zât'üs-Suver. There is an allegory of the composite soul as understood by medievals here: the vegetal soul, whose functions are assimilation and growth; the animal soul, characterized by lust and anger; and the rational soul, whose weakness is that it can be duped by logic. The Duhter-i Şah-ı Çin looks exactly like Hüsün, and therefore it is rational for Aşk to believe she is Hüsün, but according to the tradition, truth, ultimate reality, is beyond intellect in the realm of spirit, with which the subtler levels of the soul, itself the result of a mixture of spirit and body, overlap. This sort of allegory—a journey through the microcosm—was quite popular from the twelfth century on, but not as part of a romance. Some of these allegories included a full journey through the body, soul, and spirit, while Galip, in characteristically shorthand manner, focused on the journey through the soul. Its extension, a journey through the macrocosm, was also not part of romance tradition and is found in *Hüsn ü Aşk*.

This is partly what I mean when I say Galip integrated the historical development of his tradition into *Hüsn ü Aşk*. By situating these elements within his work, Galip picked up a trend in romance tradition where it had been left in the sixteenth century by Fuzuli, whom he considered the last great romance writer in Turkish. That trend was the allegorization of the old love tales. But in eighteenth-century Istanbul, allegorization had long since come to be understood in light of the *vahdet-i vücut* ontology. In Fuzuli's *Leyla and Majnun* love between a man and a woman is a likeness of real love, that is, between humankind and God; Fuzuli's lovers are never united because the real ending of the story is not their union. Galip's lovers are united in the end because we are always already in the real—a novel conclusion for the romance genre. Through references and allusions Galip calls up the older love tales and the reader's expectations of them, all the while superimposing an interpretation in harmony with later Ottoman philosophical development which prepared the way for a new conclusion.

The macrocosmic counterpart to the composite soul is the composite universe, with its sensory realm in layers of earth, water, fire, air, the heavenly spheres, and variously named realms beyond. The demon lives deep in the earth at the bottom of a pit; the witch, between an icy winterscape and a sea of fire; the Kale-i Zât'üs-Suver is described in ethereal terms. Aşk does not follow the path of a journey through the seven heavens, a component common to many works, most famously Attar's *Conference of the Birds*. Galip did insert a lighthearted treatment of this much-worked theme in a prefatory chapter on the Mirac, the Prophet's spiritual journey; but Aşk moves directly on to the beyond, as had become customary in later allegories of the dervish path. It is just beyond the seven heavens that the realm of imagination is usually considered to be located. The Kale-i Zât'üs-Suver is that place. After that, Aşk moves on to a realm of abstraction, the spiritual realm where things subsist without form.

Most broadly characterized, the macrocosm has sensory, imaginal, and spiritual realms of many levels, corresponding to the body, soul, and spirit of the human microcosm. All things originate in God, and while they "descend" to embodied existence in the sensory realm, they continue to subsist in the divine realm in a spiritual state. Imagination is a faculty of the soul, its contents, and also the intermediate macrocosmic level that is the domain of the soul, where things subsist as forms without matter, similar to images, in the imaginal state. In this understanding, the contents of the mind are not manufactured by the mind; rather, they are the soul's apperception of forms in the imaginal state, and that apperception depends on the condition of one's soul. The faculties of the soul are located in the heart, which is often likened to a mirror. Worship of God "polishes" that mirror. Thus the images in our minds differ in part according to the clarity of our hearts.

The life of all things begins in the spiritual, acquires form, and proceeds to material existence. That part of the journey is called the arc of descent or outward track. All things return to God, voluntarily or involuntarily. On the journey back, called the arc of ascent or inward track, one returns through the intermediary realm of imagination, where this time one loses material form. In bodily death it is in this imaginal state that one waits in the grave for the resurrection. But it is possible, as the prophet Muhammad said, to "die before you die," called a voluntary death. Allegories of the dervish path describe the inner journey of voluntary death, undertaken in order to realize the true nature of existence while one still has the chance to prepare for bodily death. In Galip's tale, voluntary death is the "alchemy" Aşk must find in order to be worthy of Hüsün's hand. When he burns down the Kale-i Zât'üs-Suver and emerges into a realm characterized by the Ruhulkudüs, he has completed his journey through the levels of the soul to the point where it connects with spirit. He proceeds on to Diyar-ı Kalp, which he has never really left; the difference is that the faculties of his soul are purified so that his heart can see clearly, and he sees that it is Hüsün who is there, that the heart is her domain. He realizes that he has never been separate from her, that he experienced the things he did because his perception was awry. In reality Aşk is Hüsün, as Hüsün is Aşk.

This conclusion accords with the paradigm of love as taught by the early dervish writer Ahmad Ghazzali (died 1226; not to be confused with his more famous brother, Abu Hamid), which Galip received through the Turkish tradition and superimposed on the romance genre, reversing the usual romance roles of male and female thereby. Hüsün, the girl, is the first to fall in

love with the boy. In Ghazzali's teaching, all relationships are
determined by God's absolute love, objectified in the roles of
lover and beloved, and beauty is the sum of perfections love
possesses. God creates out of love, and so it is of course God
who first takes the role of lover, while his beloved creature,
turned away from God on the arc of descent, is yet unaware.
At a certain point in life, human beings grow in awareness of
beauty to the extent that they turn toward God, taking the
role of lover on the arc of ascent. The logic of the paradigm,
when applied to the romance genre, requires that the role of
lover be first played by the female, something which Ibn Arabi
is famous for having noticed. The two children in Galip's tale
are born into a world in which all relationships are determined
by love. Every member of their tribe is passionately in love
and interprets everything and everyone as motivated by love.
The boy Aşk is at first unaware of Hüsün, and the dawn of
his awareness brings about "Bergeşten-i kâr ve mecnun şoden-i
Aşk der heva-yı Hüsün," a chapter that divides the work in two
and marks the beginning of his journey, his arc of ascent. At
first he is tremendously full of himself and his role as a he-
roic lover. He becomes progressively humbler as he matures
through his experiences, until he realizes that his selfhood has
consisted of role-playing. His companion Gayret is no longer
needed. In reality he and his beloved are one and the same,
made, as all creatures are, of God's love: *vahdet-i vücut*.

The character Suhan is both the go-between of romance and
the guide of dervish allegory, while also carrying associations
common to the logos. But he is something else, special to
Galip, which is briefly indicated in Galip's prefatory chapter
in praise of God (which I discuss below) and becomes clear
in the chapter "Mebahis-i diğer," a digression on the nature
of poetry just after Suhan makes his first appearance in the
tale.[2] For Galip, poetry was a path to God, because it is the best
form of speech (and since God creates with speech, speech can
be followed back to him); because it is imaginative—properly,
imaginal, when it is the true poetry he believed in; and because,

as he explains in "Mebahis-i diğer," it is the form of speech
in which poets realize the incomparability of the Koran. The
two children find Suhan in the Nüzhetgâh-ı Mana, a garden
where their love becomes mutual under his influence, but as
Galip characterizes him, he is everywhere. It was customary
in allegories of the dervish path for the journey to begin with
a meeting with a guide figure in a place outside the city. The
imagery Galip uses to describe the garden suggests a level
overlapping with the spiritual realm. Everything is in a state
of infinite expansiveness, eternally, but does have form. It
is watered by Havz-ı Feyz, a "derya-yı sıfat" (couplet 707)—
referring to God's qualities, of which the world partakes—on
which images constantly appear, "manende-i tab'-i şair-i pak"
(714). In Turkish (as in Arabic and Persian), *mana* means both
"meaning" and "spiritual" and is coupled with *suret,* in that all
created beings have both inner meaning and outward form, a
principle quite a few of Galip's images throughout the work
depend on. The children have been schoolmates, learning
from Molla-yı Cünun that things are not what they seem (thus
the one who sees things as they really are appears mad), but it
is in the Nüzhetgâh-i Mana that they begin to communicate.
Suhan is the proper go-between for them not only because he
is speech, communication, but because he works in form, in
imagination, the link to the real. Then, just as the children are
beginning to get along, they are separated by Hayret, the same
character who unites them in the end. They must be dazzled
if they are to be separated and Aşk to pursue Hüsün (who
must appear to withdraw with İsmet's intervention in order to
allow for Aşk's development), and again dazzled if they are to
be united, since the real is beyond the intellect, which is also
to say beyond words. Suhan is left behind along with all the
others Hüsün and Aşk have known.

The tale is framed by prefatory chapters and an epilogue, as
was customary for the romance genre. The prefatory chapters
in praise of God (Tahmid, though this chapter title does not
appear in Galip's autograph) and in praise of the Prophet

("Der nat-i seyyid-i kâinat") were always observed, and usually a "Der Sebeb-i Telif." The others that Galip included—"Der menkabet-i mirac" (a Miraciye, treatment of the Prophet's spiritual journey, the Mirac) and the chapters in praise of Rumi and Galip's father—were optional. Because every romance began with such chapters, they tended to be repetitive and for this reason have been often overlooked—wrongly, for the choices a poet made in them tell us much about the poet's position in historically specific debates and thus how to understand the work. Here I will give some examples of this, although of course appreciation of the positions Galip took is enhanced by a knowledge of their historical context that goes beyond what I can provide here. Furthermore, these chapters, and "Mebahis-i diğer" as well, are full of references made by way of proper names or by phrases, terms, and quotations from the Koran and from the hadith and sayings of mystics; I explicate these in my key to the translation volume.

The Tahmid chapter in praise of God was particularly challenging for a poet to make fresh, since not only all romances but all literary works began with praise of God. Galip's choice to keep the chapter short focuses on the inability of human beings to know God fully and therefore praise him appropriately, and places Galip in the tradition of *melamet* ("self-deprecation"). *Melamet* is a practice of keeping one's faith pure by scrupulously avoiding the courting of approval, even exposing oneself to blame, in matters of piety and especially spiritual attainment. In a society where piety is highly valued, there is an obvious temptation to show it off, with the inevitable danger of committing hypocrisy. The solution of *melamet* is to conceal piety, in various ways and to varying degrees. Galip used a certain characteristic kind of humor, making as if light of it in a way which is understood to not at all be making light of it. Tahmid chapters were often attempts, flowery in the extreme, to be clever. To start off by praising God for allowing speechless awe as praise of God, and to keep the chapter poor in imagery, may seem a throwaway move but is actually a self-deprecating gesture in a long tradition of *melamet*.

Melamet is associated with Ibn Arabi and in Ottoman contexts is invariably accompanied by *vahdet-i vücut* ontology. There was an Ottoman Melami dervish order, which I have called an anti-order, and there were Melami tendencies, even wings, in other orders, including the Mevlevi. Galip signaled his *melamet*-inclined Mevlevi preferences by keeping the chapter to eighteen couplets, eighteen being the traditional Mevlevi number, and by his reference in couplet 5 to the Prophet's saying, "Oh God, we have not known you as you should be known." According to Mevlevi tradition this saying was the subject of the first conversation between Rumi and his dearest friend, Shams. The point brought out in their conversation was that the Prophet, who would be expected to know God as far as God could be known, meant by saying this to show that an unquenchable thirst for knowledge, a form of spiritual poverty, is the complement of divine plenitude. The chapter ends with a brief foreshadowing of the role of poetry in union with God, beyond knowledge of him, that Galip elaborated later in the work. By giving imagination free range in poetry, one can follow the "chain" beyond intellect, dazzled. This idea resonates with Mevlevi-Melami interpretation of the doctrine of the divine names and attributes *(esma vu sıfat)*, central to *vahdet-i vücut* ontology. Galip's disparaging references to certain positions in early theological debates, in couplet 8 and later in "Mebahis-i diğer" in couplet 778, and his dependence on the doctrine in "Mebahis-i diğer" indicate this characteristic interpretation. Briefly, all creation is the manifestation of God's qualities (names and attributes), which require manifestation to the extent that it is through manifestation that their potential is played out. If God is merciful, his mercy will be manifest in action upon objects of his mercy, and so on for the other qualities. It is thought that people, as manifestations of divine names, can follow, so to speak, the names back to what is named. This is one of the functions of *zikir*, the meditative chanting of the divine names. Galip's father was also Mevlevi and, as became public after his death from the inscription on his tombstone, Melami. Galip's emphasis, in his chapter in praise of his father, on the spiritual guidance he received from him, affirms these loyalties.

While the philosophical ancestry of these loyalties is ancient and perhaps universal, they had a specific political significance in historical context. In Galip's time the Ottoman Empire was losing in war, and its losses were seen as the continuation of a disastrous trend. Galip was the spiritual adviser to the sultan, Selim III, and Selim engaged in a series of reform efforts, called the New Order, which included the creation of a bombardier corps along European lines. Selim appointed Galip to a special position at the mosque he had built in the new barracks complex of the corps, effectively making Galip spiritual adviser to the corps. Galip wrote in support of the corps, not in *Hüsn ü Aşk* but elsewhere, while opposition factions attacked it, verbally and by violent sabotage, and Selim himself was eventually assassinated. This backlash characterized itself in terms of defense of the faith (such things as new uniforms could be called sacrilegious), while of course there were matters of considerable material self-interest involved; Selim's investment of wealth in creating a new army was perceived as having been at the old army's expense. His reforms, including land reforms that touched the Mevlevi central administration in Konya, may have occasioned the death threats Galip received from within the order. Galip was barely forty when he died, probably of tuberculosis, but there were rumors of foul play. Selim justified his New Order in what I will call progressive religious terms, and it was criticized in what I will call conservative religious terms. The conservative religious argument was, broadly, that innovation was a violation of sacred law (more precisely, of established practice sanctioned as the result of the collective wisdom of the Muslim community). The progressive religious argument depends on an understanding of *vahdet-i vücut* as the source of innovation, an understanding that Galip invoked in

"Mebahis-i diğer" with regard to innovation in poetry. There he argued that *teceddüd-i havadis* (in this interpretation the continuous re-creation of all things through the imperative of the infinite divine names[3] to manifestation) is the cause of original poetry (couplet 783). The same argument can be made in support of innovation in every sphere of life, social, political, military, and so on, and this is what Selim and Galip were doing.

Why that type of argument has not continued to be made to effect in modern Muslim societies is another story. Here we can see that the realization that one's knowledge of God can never be sufficient, coupled with an understanding of *vahdet-i vücut* as perpetually bringing new things into being, could be the ground for a dynamic, forward-looking attitude toward society and life in general. This dynamic view dominates the chapter in praise of the Prophet and the Miraciye chapter. Galip focused on the relationships among God, Muhammad, and humankind. Light may be shed on the issue at hand by a proverbial saying: "The Prophet is always on the Mirac" *(Peygamber her zaman miracda)*. Galip's Mevlevi-Melami tradition understood the Mirac first of all as a spiritual event. Couplet 55 of the Miraciye expressed this idea with one of the most finely constructed images in Ottoman poetry: "Bast eyledi nokta-i süveyda / Sırr oldu içinde şam-ı esra." The *nokta-i süveyda* is "black light," that is to say divine light, so bright it makes the eyes grow dark. Every human heart contains a speck of it, and the whole event of the Mirac is encompassed by that speck. In this understanding, the question of how the Prophet could have been awakened one night by Gabriel, ridden a miraculous steed from Mecca to Jerusalem, led all God's prophets in prayer, ascended to heaven to meet God, and returned to Mecca to find his bed still warm is beside the point, because the event was a demonstration of an always available paradigm of humankind's true relationship with God and the inner journey. Galip's image in couplet 24 of the praise-of-the-Prophet chapter, *Dervaze-i tâkı Kaabe kavseyn*, is the traditional explication of the proverbial saying. *Kaabe kavseyn* ("the space of two bows") is a Koranic reference (53.9), understood in this interpretation to describe the position of God and Muhammad during their meeting. A broader commentary practice interprets the phrase to mean that Muhammad came as close to God as the distance traveled by an arrow in two bow shots, or the space of two bows laid on the ground so that they are end to end. But Galip's tradition took it to mean the circle formed by two bows placed standing on end so that their strings touch and the bows are held out like two doors, a circle of unity symbolizing the true relationship between God and Muhammad and, by extension, between God and humankind. The nature of human beings is that they are microcosms of God's qualities. Each human being carries within him or her all of God's qualities, in potential. The person who actualizes all these qualities—an infinite process, since the qualities are infinite—is called a Perfect Human Being *(İnsan-i Kâmil),* and Muhammad was and is the paradigmatic Perfect Human Being. In this way "the Prophet is always on the Mirac."

In the progressive view nothing can be known with finality, because everything is always changing and new possibilities are the rule. It makes good sense that the Ottoman Turks, who had a highly developed sense of the anxiety of influence as relative latecomers to Islam, would have so embraced Ibn Arabi's thought as they headed West in the process of creating the mightiest of Muslim empires and with grand gestures after they conquered Istanbul,[4] while in the old world of Islam Ibn Arabi was attacked as a heretical innovator, associated with a degeneration of the Muslim community due to the Mongol invasions. It was as the self-confidence of the Ottoman and other Islamic polities worldwide began to be shaken in the seventeenth century that the conservative religious argument came to the fore sporadically in Istanbul, with Ibn Arabi taken as a target of resentment. The troubles of the late eighteenth century were seen as a continuation of the seventeenth, and Selim and Galip drew on what they saw as abiding resources of Ottoman strength.

I close by briefly taking up a different level of the work, its imagery. *Hüsn ü Aşk* also contains an archaeology of Islamicate imagery—that is, the historical stages of that imagery are visible in the work. Galip was known as the greatest Ottoman master of the Indian style (Sebk-i Hindi), which was famous for its complex imagery and so called because it had flourished at the Turkish Mughal courts in India. In the Indian style, relations among elements in images established in the high classical poetry of the fourteenth through sixteenth century are exponentially multiplied, creating an effect a student once called psychedelic. A characteristic feature of classical Islamicate imagery is formal harmony, the comparison of objects according to their shape. A round thing—say, a face— is like the moon or the sun; or the length of a thing is highlighted by comparing it to a sword. With time certain metaphors, like moon for face, became so standard that one could refer to a beautiful person, as Galip constantly did, as "that moon." But these are extremely simple examples. Couplet 338 in the section of *Hüsn ü Aşk* where Galip compared Aşk as a babe in the cradle to a sword in a sheath illustrates this type of imagery paired: "Gehvarede çün olurdu dilgir / Titrerdi kılıf içinde şemşir." In the description of Hüsün, a gloved hand and its fingers are compared to the sun and its rays: "Zıh-gir-i mücevher ile ol dest / Serpençe-i mihri kıldı eşkest" (450). Hüsün and Aşk are described at school: "Efsun olur iki çeşm-i câdı / Piş-i nigehinde rahle ebru" (360). Galip played with the principle of formal harmony, making light of its implausibility in such verses describing the tribe: "Sagarları gürz-i kuhpeyker" (255) and "Pinyali piyale zannederler" (257); or their wildly distracted state as they searched for a stream: "Maksudları heman akar su / Yeksan leb-i şerha vu leb-i cu" (273). It is important to get a firm grasp of the principle of formal harmony, for the Indian style builds on it.

The characteristic of the Indian style is to expand upon, often distorting, formal harmony in a variety of ways. In the following couplets from the description of Hüsün, the comparison of shapes is there, but as an echo. Hair and amber treasure, mole and dark-skinned man: "Gisûlanı genc-i anber-i ham / Hâl-i ruhu ona Hindu-yı bâm" (454); heel and wine cup: "Ka'bın edip ol peri muhanna / Düştü ayağa ayag-ı sahba" (456); eyes and brows and prayer niche and calligraphy: "Çeşmân-ı siyehle nakr-ı ebru / Mihrabın içinde çifte ya hu" (481); a related comparison describing Aşk: "Zir-i külehinde târ-i perçem / Mah içre nüvişte ism-i azam" (499). In the description of the dark night of winter, the mouth of a frozen stream is compared to a grinning black man: "Serma ile berf olunca munsab / Dendanı sırıttı Zengi-yi şeb" (1419). Aşk in his final stage of emaciation falls from his horse: "Saye gibi düştü Aşkar'ından / Ayrıldı şirare ahkerinden" (1897). A further extension is to compare a shape to an abstraction, which acquires a shape, sort of, through the comparison—as in this couplet from the chapter on Hüsün's nocturnal visits to Aşk's room: "Zulmette gezerdı bîmuhaba / Mana idi harf içinde guya" (577); and in this related couplet, again from Aşk's emaciation: "Bir suret idi ki bî heyula / Bî siklet-i harf özge mana" (1902). Personification, an indispensable part of Near Eastern imagery from ancient times, adds to this level of complexity, and the pace picks up as these combined elements go into action. In Aşk's drinking bout with the Duhter-i Şah-ı Çin, her darting glance has a hand holding a glass, which is likened to the hand of the angel of death holding the soul: "Dest-i nigehinde cam-ı rahşan / İzrail elinde cevher-i can" (1786). Their intercourse that night is alluded to by the coming together of a round thing with a long thing, of a container with what is contained: "Mehtapta meh meh içre mehtap / Mey şişede şişe meyde gark-âb" (1779). When Hüsün first falls for Aşk, and because he ignores her, suspects that he cares for another, she is likened to a sword of attention waved around in the hand of his roving eye: "Dest-i nigehinde tig-i dikkat / Endişeye rah açardı hayret" (422). The representation of a female by the conventionally male image of a sword is an example of another characteristic of the Indian style: reversal. One gets the hang of it.

Notes

[1] In Ottoman times, a şeyh was an administrative head in a dervish order; in Galip's case, responsible for running a large and influential dervish house, on salary paid by the central administration of the order in Konya. The term includes the meaning of "spiritual adviser" but is not limited to that, and there are other terms for spiritual adviser.

[2] In Ottoman Turkish the word *suhan* (also written as *sühen*) was most often used to mean "poetry"; it also has the same broader meanings it has in Persian: "speech," "word," "saying."

[3] The usage "the ninety-nine names of God" refers to a particular ninety-nine of them.

[4] In 1453. Istanbul is the old Greek name of the city, as opposed to various imperial titles by which the city was also known. The Turks did not change the name of the city from Constantinople to Istanbul at that time, as is commonly supposed. To conquer the city was to become the inheritors of "Rum," which to them meant Rome, the West in general.

BIBLIOGRAPHIC NOTE

The considerable interest in Turkish poetry in Europe and Britain during the nineteenth century ended abruptly around the time of the fall of the Ottoman Empire. A new wave of interest began slowly in the 1960s–70s and accelerated in the 1980s and 1990s, but interest is still rare. A bibliography and more detailed information on the topics mentioned in my introduction can be found in my 1994 poetics of the Ottoman romance genre, which may serve as a companion to this edition: *The Unreadable Shores of Love: Turkish Modernity and Mystic Romance* (Austin: U of Texas P, 1994). For more background, and on the lyric in particular, I highly recommend the works of Walter G. Andrews, for example his *Poetry's Voice, Society's Song: Ottoman Lyric Poetry* (Seattle: U of Washington P, 1985) and his collaboration with Najaat Black and Mehmet Kalpaklı, *Ottoman Lyric Poetry: An Anthology* (Austin: U of Texas P, 1997). The nineteenth-century grand narrative of the subject was E. J. W. Gibb's *A History of Ottoman Poetry* (6 vols., ed. Edward G. Browne, London: Luzac, 1900–07). The first new-wave book-length study is Alessio Bombaci's, *La letteratura turca* (Milan, 1965). The volumes of *The Journal of the Muhyiddin Ibn 'Arabi Society* are an excellent guide to the wider philosophical world of *Hüsn ü Aşk*.

NOTE ON THE TEXT

The text is my amended version of Abdülbaki Gölpınarlı's critical edition, in the modern Turkish alphabet, of the Ottoman Turkish text published by Altın Kitaplar in Istanbul in 1968: *Şeyh Galip: Hüsn ü Aşk, Önsöz, metin, bugünkü dile çevirisi, açılama, Galib'in elyazısı ile Hüsn ü Aşk'ın tıbkı basımı.* Abdülbaki Gölpınarlı's edition is used with permission from Yüksel Gölpınarlı.

The Gölpınarlı edition differs significantly from all others. It is the sole critical edition and the sole edition based on Galip's autograph, found in the collection of the Süleymaniye Library in Istanbul. Gölpınarlı provided a facsimile of the autograph in his book. As he explained in his introduction, however, the autograph does not include four of the prefatory chapters and is apparently a late draft. He derived those chapters from the 1836 Bulak Press edition, whose manuscript source is unknown and on which all other printings have been based. He compared the autograph and the Bulak edition with a number of manuscripts, noting variants with respect to the work as a whole. The variants are minor, with the one great exception that the main body of the autograph text contains additional couplets: when the missing prefatory chapters are added to the critical edition of the autograph, the total number of couplets in the work is 2101; the total number in other editions is 2041. Furthermore, part of a monologue by Hüsün in the autograph appears in the Bulak edition as part of a monologue by Aşk. The minor variants Gölpınarlı noted—most of them apparently calligrapher's errors, such as *bî ruh* for *zî ruh*—have not been noted here.

I corrected typographical errors in the Altın Kitaplar edition by comparing it with the facsimile of the autograph, and I systematized the spelling. Modern Turkish is not a transliteration of Ottoman but rather a transcription. That is, it provides not a letter-by-letter rendering in the Roman alphabet of the Ottoman script, as scholarly transliteration does, but a representation in the modern Turkish alphabet of the sounds of words. At some point during the preparation of Gölpınarlı's text, perhaps during the editing or typesetting process, irregularities of spelling crept in. There appears to have been indecision about whether the text should be a version in modern Turkish spelling, a transliteration, or a crib spelled according to the requirements of meter (*îki* for *iki*). The spelling vacillates among the three alternatives; often the same word is spelled differently throughout the text. Spelling irregularities of all kinds were not unusual in the 1960s, and it was not unusual for typesetters to add their own emendations to a manuscript. It took time for a consensus over spelling and transliteration to be reached after the 1928 change of alphabet and for a sense of specialization in the different functions of those involved in preparing a manuscript for publication to emerge in a climate where citizens were encouraged to take an active part in revolutionizing their language. Spelling can still be occasion for dispute, especially when it comes to editions of Ottoman works. I chose to systematize the spelling according to current practice in Turkish, with agreement of final consonants and Ottoman *izafet* or conjunction vowels. My view is that transliteration is alien to most readers of Turkish, while scholars may avail themselves of transliterations of *Hüsn ü Aşk* now in print (although, based as those transliterations are on the Bulak edition, ignoring Gölpınarlı's critical edition, they lack the additional verses and put some of Hüsün's words in the mouth of Aşk). The modernizing of spelling in new editions of older literary works is well established in other languages, and its benefits are well known. There are disadvantages, of course. For readers who do not know the Ottoman spelling of words, conformity to meter will not always be obvious, and rhyme vowels will sometimes appear not to rhyme. But readers will, however, be able to recognize words and look up in a dictionary those they don't know. Transliteration spelling makes such checking extremely difficult if not impossible. I use additional circumflexes (other than after *kef* and *gef*) to mark long vowels, and an apostrophe to indicate *ayn* or *hemze,* only when a word or usage is truly archaic or likely to be confused with another word spelled identically. For stock quotations from the Koran, hadith, and sayings of prophets and mystics, I have followed Göpınarlı's lead in capitalizing the first letter of the first word of the quotation; I have also followed Göpınarlı in spelling the Persian chapter headings and occasional verses according to the Turkish spelling of Persian words. Of course, given the extraordinary flux in Turkish usage, the questions of whether a word is archaic or likely to be mistaken for another are debatable. I used my judgment on the basis of my experience translating a variety of Ottoman and modern Turkish texts over the years. I am honored to have had the opportunity to work with Galip's great masterpiece.

ŞEYH GALIP

Hüsn ü Aşk

Bismillahir rahmanir rahim

Hamd ona ki kıldı halka rahmet   1
Tahmidde acze verdi ruhsat

Acz olmasa hal olurdu müşkil
Pay-ı kec-i kilk olurdu der gil

Ger hamdine yoksa hadd u ihsa
Şükr et ki zeban-ı acz guya

Hamd eyle ki verdi şer'-i mana
Tahmid-i Huda'da acze fetva

Bahş eyledi ehl-i acze idrak   5
Fahva-yı şerif-i Mâ arafnak

Ahir yine acz olurdu hasıl
Amma olamazdı kimse vasıl

Noksanımıza himayet etti
Taciz değil inayet etti

Aslah ona vacip olmamıştır
İhsanını mücip olmamıştır

Mahz-ı keremiyle etti tasvir
Adl üzre nizam-ı halkı takdir

Acz olmasa bîneva kalırdık   10
Hep ebkem ü kec-eda kalırdık

3

Müşkildi eda-yı şükr-ü tahmid
Kanda leb-i zerre kanda hurşid

Amma ki zeban-ı aczimiz var
Vasfında beyan-ı aczimiz var

İnsaf ile ger olursa dikkat
Nimet mi değildir acze ruhsat

Her bir niamın senası lazım
Bu bahiste şükr olur mülâzım

Bundan dahi aczimiz hüveyda   15
Affetti yine cenab-ı mevla

Bîhad eğer eylesek tahayyül
Zencir-i suhan bulur teselsül

Mevc urmağıla muhit-i fikret
Cûş eyledi hayret içre hayret

Minba'd dil oldu mest ü medhuş
Akl eyledi bahr-i nutku hamuş

Der nat-i seyyid-i kâinat

Ervah ki tuhfe-i Huda'dır
Hâk-i reh-i şah-ı enbiyadır

Ol şah ki tahtı lâ mekândır   20
Carub-keşi kerubiyandır

4

Ol şah ki mah çün sitare
Pâbusuna oldu pare pare

Cibril nevaline haberci
Mikâil onun vekilharcı

Levlâk ile zat-ı pâki mevsuf
Kuran'a sıfatı zarf u mazruf

Dervaze-i tâkı Kaabe kavseyn
Ferş-i kademi ulum-ı kevneyn

Şah-ı Melekut-ı arş-paye   25
Mah-ı Ceberut-ı ferş-sâye

Birdir dedi âşinâ-yı vahdet
Mevc-i ahadiyet Ahmediyet

Çün evvel-i Mâ halak'tır ol nur
Sâni-yi Huda desem de mazur

Adem ki cenab-ı bül-beşerdir
Bağ-ı nebevîde bir şecerdir

Giryan olup oldu Nuh-ı Nevvah
Derya-yı melahatında mellâh

Cûş-âver olunca Nil-i kabzı   30
Musa'ya Hızır yetişti feyzi

Şer'iyle edince tigzenlik
İbrahim'e düştü püt-şikenlik

Mirac-ı kemal-i zatın İdris
Sükkân-ı semaya kıldı tedris

Bir rütbe ki hüsn-i bî bahası
Yusuf dahi abd-i müşterâsı

Tebşir için kudûmun İsa
Ta minber-i çerha çıktı guya

İcadı vücud-ı kevne bais   35
Ümmetleri sırr-ı ilme vâris

Ayine-i vahdet-i ilahî
Mir'at-ı vücududur kemâhî

İman-ı hakikiye ol âgâh
Bestir sana bir nebi bir Allah

İrvâ-yı ıtâşı rayegândır
İcazı müşarunbilbenandır

Miskin sevad-ı şam-ı esra
Menşur-ı nübüvvetinde tuğra

Söz olsa da menba-i kerâmet   40
Kuran'a nazire olmaz elbet

Kuran o resulü kıldı tavsif
Ahlak-ı azimin etti tarif

Ey hâme zebanın eyle kûtah
Levh üzre kalemle yazmış Allah

6

Der menkabet-i mirac

Bir şeb ki saray-i Ümmehânî
Olmuştu o mahın asmanı

Amma kı ne şeb emin-i rahmet
Şey'ül-harem-i harim-i hazret

Manend-i Bilal-i sahib-irfan   45
Nur-i siyeh içre nur-i iman

Guya o şeb-i şeref-meâsir
Veys'ül-Karen idi nuru zahir

Yüz sürmeye geldi hâk-i pâya
Davetli bulundular alâya

Ol leyl için sipihr-i gerdan
Etti nice bin sabahı kurban

Çün ab-ı hayat o şam-ı enver
Rengi siyeh idi mevci ahdar

Ebr-âver olup bahar-ı Nasut   50
Cûş eyledi sebze-zâr-ı Lahut

Serçeşme-i Hızr olup hüveyda
Ervah-ı bekaya oldu irva

Zulmat çöküp surâdık-ı gayb
Sır söyledi maha mihr lâ rayb

Ta mihr ede maha arz-ı didar
Zulmat-ı hafâya girdi envar

Cûş eyledi sanki Nil-i hayret
İhya ola ta ki Mısr-ı vuslat

Bast eyledi nokta-i süveyda   55
Sırr oldu içinde şam-ı esra

Envar ile kâinat doldu
İşte o gece sabah oldu

Şevk eyledı mihri pare pare
Şenlendi meşâil-i sitare

Bir harman-ı nur olup nüh eflak
Hurşid-i kapattı pertev-i hâk

Bir feyz erişti bu zemine
Kim oldu saray-i âbgine

Ger etmese mihr ü meh takaddüm   60
Şebnem yerine yağardı encüm

Envar bürüdü kâinatı
Ruşen görür oldular hayatı

Berk urdu o şebçirağ-ı nâyab
Mahvoldu hep aftab u mehtab

Bir harman idi nücum-ı pür tab
Hurşid u meh onda kirm-i şebtab

8

Ayine-i nur olup şeb-i târ
Yâr eyledi yâre arz-ı didar

Gönderdi Huda edip meşiyet   65
Cibril-i Emin'i peyk-i davet

Her geh ki inerdi âsmandan
San arşa çıkardı hâkdandan

Tebşir kılıp süruş-ı azam
Dedi ki eyâ Resul-i ekrem

Adın kodular Burak-ı yekta
Geldı ayağına arş-ı âlâ

Eyle güzer arş u asmanı
Mahzun buyurma lâ mekânı

Ol maksad-ı Kün-fekân icat   70
Ferman-ı Huda'ya oldu munkad

Herşey olur aslına şitabân
Çıktı yine asmana Kuran

Çün bastı rikâba pây-ı devlet
Zîn hanesi idi beyt-i vahdet

Ne kaldı zemin ü ne zamane
Mahvoldu bu turfe aşiyane

Cûş eyledi çün muhit-i vahdet
Mana-yı mübeddel oldu suret

Hem surete girdi sırr-ı vahdet 75
Mana-yı kadim buldu suret

Nâgeh görünüp harim-i aksa
Abdiyetin oldu sırrı peyda

Ol sacit olup Hak oldu mescud
Dendi bu makama gayb-i meşhud

Ervah-ı rüsül cemaat oldu
Allah bilir ne halet oldu

Ey hâme o rütbe olma çâlâk
Esrar-ı nübüvvet olmaz idrak

Derya sözü şebneme ne layık 80
Tanrı işi ademe ne layık

Gel adet-i şairâna git sen
Sufiye sözün feragat et sen

Çün bastı sipihr-i evvele pâ
Oldu iki pare bedr-i rana

Ta halka ayan ola mücerret
Kim devr-i kamer mi devr-i Ahmet

Miracda çün zaman yoktur
Evvel demeye tüvan yoktur

Mah olması muciziyle münşak 85
İspat idi şerh-i sadrı el hak

Ol bîdile iltiyam kıldı
Gönlünü alıp hiram kıldı

Çavuşluk ettiler süruşân
Allahu ma'ak'le dil-hurûşân

Azmeyledi vahy-i vârid üzre
Vardı felek'ül-Utarid üzre

Çün geldi o şair-i felek-câh
Ol şahtan oldu mazeret-hâh

Affeyledi name-i siyahın   90
Hassan'a bağışladı günahın

Mebusuna hâdi oldu bais
Açıldı der-i sipihr-i sâlis

Zehra'sın edip şefî-yi Zühre
Affından o şahın aldı behre

Çarum feleği kılınca seyran
Fahr etti dü bare çar erkân

Feyz aldı Melih'ten Mesiha
Tekrardan oldu sanki ihya

Berk urdu o şebçirağ-ı cavid   95
Şermiyle zemine girdi hurşid

Çün tarem-i hâmis oldu menzil
Merrih'e erişti hadşe-i dil

11

Kan ağlayıp etti özre ahenk
Damen-ı sipihri kıldı gülrenk

Affedip o şah-ı asman-rahş
İzrail'e kıldı cürmünü bahş

Çün şeş cihet oldu kâm-hâhı
Çerh-i şeşüme erişti rahı

Ta ede o şahı heft iklim   100
Kadi-yi sipihre şer'i talim

Tebliğ kılıp cenab-ı Hak'tan
Nehyeyledi hükm-i mâ sabaktan

Men'oldu kehânet ile tencîm
Zahirle mezâhir oldu tanzim

Çün erdi sipihr-i heftümine
Bahş etti saadet âlemine

Keyvan şefi' edip Bilal'i
Böyle deyip etti rûy-mali

Bestir bana bu şeb özrhâhî   105
Bâlâter-i renk kıl siyahı

Çün hazret-i padişah-ı levlâk
Tekmil ile kıldı seyr-i eflak

Amma dahi bahşiş-i ilahi
Miracını bulmadı kemâhî

Kürsi-ye basınca pây-ı reftar
Şevk eyledi sâbitâtı seyyar

Teşrif-i için buyurdu zira
Olmuş felek'ül-buruc ber câ

Basmakla kadem vücud-ı paki   110
Eflake çıkardı Sevr-i hâki

Lutf edıp o padişah-ı yekta
Kozbekçibaşısı oldu Cevza

Deryûze elin açınca Mizan
Dirhem yerine dür etti rîzan

Hut eyledi hâk-i pâye ahenk
Girdab-ı hafâya girdi Harçeng

Kıldı Eset ibn-i ammini yâd
Tahlisine ondan oldu imdad

Zira Hamel eyleyip şikâyet   115
Etmişti şehâmetin hikâyet

Delv ağlayıp oldu hali derhem
Bir reşha deyip be câh-ı Zemzem

Bir feyz ile şad olup öğündü
Dolab-ı Muhammediye döndü

Pervin ile Cedi olunca tezyin
Sıbteynine tuhfe kıldı tayin

Şehperr-i süruş ol şeb-i raz
Hep Sünbüle'den ederdi pervaz

Çün saat-i çerha lazım Akrep   120
Vakta o da kıldı arz-ı matlab

Buldu şeref-i kabule imkân
Fevt olmadı bir dakika ihsan

Kavsine bakınca zâl-i dehrin
Pek zafını gördü hal-i dehrin

Ol şah-süvar-ı Kaabe kavseyn
Kıldı seferin verâ-yı kevneyn

Cibril-i Emin'e oldu hempâ
Ta arş-ı Huda'yı kıldı me'vâ

Levh u kalem u hezar esrar   125
Hem oldu kerûbiyan bedidar

Şevkından o rütbe oldu medhuş
Arş eyledi câyını feramuş

Arşı bırakıp misal-i sâye
Zül arş dedi o arş-paye

Ol seyre de mâverâ göründü
Ta Sidre-i münteha göründü

Açıldı der-i harim-i vuslat
Kurbet geri kaldı geldi vahdet   130

Cibril'de acz olup hüveyda
Efazı bıraktı onda mana

Evvel ne idi ne oldu bilmem
Lebriz idi ol ne doldu bilmem

Ey rahmeti rayegân Rahman
Lutfunla bu benden eyle şâdan

Hâhişger-i devlet-i müebbed
Yani ki fakir Galip Esat

Mücrimdir eğerçi ümmetindir
Ümidi senin şefaatındır

Omazsa şefaatından ihsan   135
Çok zahidin oldu hali hırman

Çün ehl-i kebâirim siyehkâr
Her maksadıma beşaretim var

Der vasf-ı Hazret-i Hudavengâr

Hatm etti çü enbiyayı Allah
Geldi bize evliya-yı âgâh

Şehtir o güruha Molla Hunkâr
Bestir bu cihana bir cihan-dar

Sultan-ı serir-i mülk-i irfan
Seccade-nişîn-i Şîr-i Yezdan

Endişesi rehnüma-yı tahkik   140
Manendesidir vekil-i Sıddik

Hurşid-i sipihr-i sulb-ı Haydar
Zer silsile rehrev-i Gazanfer

Ney-pare-i kilki kıldı meşhud
Bildik neyimiş neva-yı Davud

Oldu ulema-yı dine faik
Peygamber-i Rum dense layik

Mana-yı kelamı ruh-ı İsa
Mehdi gibi şer'i eyler ihya

İsm olmadı bir kitaba el'ân   145
Seyret şerefin ki mağz-ı Kuran

Milk-i suhanı sevâd-ı azam
Bir bıkası taht-ı İbn-i Ethem

İbrahim-i Gülşeni gibi merd
Olmuştur o bağa bülbül-i ferd

Abdal-ı felek helak-i aşkı
Mihr ü mehi sîneçak-i aşkı

Ebyat-ı şerifi ayet ayet
Esrar-ı şeriat ü hakikat

Ruşen suhanı çerağ-ı mana   150
Her noktası şebçirağ-ı mana

Ser-tacı güruh-ı evliyanın
Şah u çelebisi asfiyanın

Etmiştir ihata garb u şarkı
Emvâc-ı muhit-i gark u farkı

Aktâr-ı cihana hükmü cârî
Eczâ-yı zamana feyzi sârî

Alem dolu feyz-i himmetinden
Bahsetme abes kerametinden

Der zikr-i pişvâ-yı hod

Bulmaya hitam bu mebâhis   155
Bir zat-ı sütûde oldu bais

Üftade-yi rah-ı ser-bülendi
Yani pederim Reşid Efendi

Dil zaviyesinde münzevidir
Serbaz-ı muhibb-i Mevlevi'dir

Haktır bu ki deng ü lâl idim ben
Nutk etmeye bî mecâl idim ben

Kalmıştı zeban-ı hâme hamuş
Kılmıştı hezar mevc-i gam cûş

Gelmişti kelâl güft ü gûdan   160
Geçmişti hayal reng-ü bûdan

17

Nâ güfte kalıp makal-i mirac
Kalmıştı bu Hüsn ü Aşk bî tac

Söyle deyip etti nutka ikdam
Feyz-i nefesiyle oldu itmam

Bu güm-rehin oldu dest-giri
Öğretti suhanda tarz-i Pir'i

Doldurdu benim o merd-i meydan
Himmetle derunum ab-ı hayvan

Çün oldu cihan-ı aşka rehber   165
Olmaz mı übüvveti mükerrer

Her nesne ki söylerim senâdan
Asudedir afet-i riyadan

Ney gibi beni o zat-ı vâlâ
Feyz-i nefesiyle kıldı guya

Hem oldu sebep hem etti himmet
Kıldım nice ehl-i hale hizmet

Asar-ı keremleriyle hakka
İnkârı küfürdür oldum ihya

Anlar da demez buna inayet   170
Hem ben dahi eylemem kanaat

Bahr-i keremin verâsı yoktur
Ol bahrde dürr-i feyz çoktur

18

İnşallah rahim ü rahman
Esrar-ı şühud olur nümâyan

Der sebeb-i telif

Bir meclis-i ünse mahrem oldum
Ol cennet içinde Adem oldum

Meclis veli gülşen-i muhabbet
Bülbülleri yekser ehl-i ülfet

Her birisi şair-i suhansenc   175
Gencineler elde cümlesi genç

Sohbetleri şiir ü fazl u irfan
Ülfetleri nazm u nesr ü iz'ân

Ben mest-i sabuh-ı nükte-dânî
Vakt ise sabah-ı nev-cüvanî

Gahi okunurdu Hayr-Abad
Nabi olunurdu hayr ile yâd

Hakka ki acip bir eserdir
Erbabı yanında muteberdir

Hengâm-ı hiremde söylemiştir   180
Pir olduğu demde söylemiştir

Ol nazmın edip bir ehl-i mana
Medhinde mübalağayla ıtrâ

Bezm ehli serâser etti ikrar
Bu kavli muvafakatla tekrar

Bir gayete erdi kim meali
Tanzirinin olmaz ihtimali

Ol ratl bana geran göründü
Bir suret-i imtihan göründü

Tarizane edip hitabı   185
Verdim o güruha bu cevabı

Kim Nabi'ye hiç düşer mi evfak
Şeyh'in sözüne kelam katmak

Ey kıssadan olmayan haberdar
Nakis mi bıraktı Şeyh Attar

İşte o kadardır ol hikâye
Bakisi durug-ı bînihaye

Manzume-i farisîveş ebyat
Bilcümle tetâbu'-ı izafat

İnşaya verir eğerçi zinet   190
Türki söz içinde ayn-ı sıklet

Az olsa eğer değildi mani
Derdik ona belki de sanayi

Hem bir dahi var ki ol suhan-saz
İğrakta mürg-i pest-pervaz

Evsaf-ı Burak-ı fahr-i alem
Rahşiye-i Nef'i ondan akdem

Lazım mı Burak'ı medh ü tavsif
Bu kârı ona kim etti teklif

Affeyleyelim ki belki bilmez   195
Bir sürçen atın başı kesilmez

Hem bir de bu kim o pir-i fâni
Almış nice türlü nam u şanı

Beş tane şehenşeh-i melek-zâd
Tab'ına keremle etmiş imdat

Pazar-ı cihanda kâmın almış
Meydan-ı suhanda namın almış

Böyleyken edip yine tekâsül
Kılmış nice manada tegafül

Bulmakla bir iki hoşça tabir   200
Erlik midir izdivacı tasvir

Dersen ki Nizami-yi gerâni
Etmiş o dahi bu iltzamı

Ol tarz-ı Acemdir olmaz icap
Rindan-ı Acem gözetmez adab

Her tavrına iktifa ne lazım
Caizse de ictirâ ne lazım

Hem bir dahi bu ki ol suhansenc
Vermiş kalemine renc-bî-genc

Bir düzd-i bürehne-pâyı guya   205
Mansur'a diler ki ede hempâ

Mirac-ı hayale eyleyip saz
İster ki Mesih'e olsun enbaz

Mebna-yı bina-yı Hayr-Abad
Bir hayırsızın kemalin îrâd

El-hak çalıp alma kıssadır ol
Hırsızlara hayli hissedir ol

Pirane tekallüf etmiş ancak
Vermiş hele kâr-ı düzde revnak

Nush etse eğer budur mezâkı   210
Dünya fani ahiret baki

Olsa ne kadar harab u mağşuş
Yoktur bunu bir işitmemiş gûş

Merd ona denir ki aça nev rah
Erbab-ı vukufu ede âgâh

Olmaya sözü bedihi-yi tam
Ede nice tecrübeyle itmam

Amma kime eyleyim bunu fâş
Ben dahi bileydim ol kadar kâş

Efvâha sözüm olaydı demsaz 215
Lazım mı idi felekte pervaz

Veh veh bu ne şektir ettim izhar
Sad tövbe vü sad hezar inkâr

Bir ehl-i suhan ki ede tahsin
Bin çerh değer o beyt-i rengîn

Daim bunu der ki elde hâme
Afet bana itibar-ı âmme

Çün kârı himayet eylemektir
Efhâma riayet eylemektir

Elbette olup füsürde-hatır 220
Manadan olur zebanı kasır

Lakin yine bellidir tabiat
Meydandadır aldığın vediat

Çâlâk-zamir ü merd-i âgâh
Etmez hele düzdü hemser-i şah

Olsa ne kadar şikeste-pervaz
Uymaz yine kûf u kaza şahbaz

Kalmadı mı neşve-i muhabbet
Pâyana mı erdi ol hikâyet

Hiç aşktan özge şey revâ mı 225
Sarf etmeye gevher-i kelamı

Dersen ki hezar olundu tekrar
Sahba-yı bekadan olma bizar

Alem heme derd-i aşk u ülfet
Baki keder ü elem nuhûset

Bu rahtan oldun ise âgâh
Çıkmaz yolun üzre düzd-i gümrah

Bu derd-i suhandır olmaz izhâr
Tabir edemem dahi neler var

Gencur-ı cevahir-i sanayi   230
Ol sanatı yok ki zevka râci

Hatta dedi bir Mesih-i hoşdem
Hem söyleyemem de hem beğenmem

Ettim nice türlü itirazat
Hem her birisin de ettim ispat

Bu nağmeye kim ben ettim ahenk
Evvel beni kıldı zâr u dilteng

Tuttu beni ol söz ile yâran
Davaya gerek gel imdi burhan

Nabi ona kim güc ile ermiş   235
Allah sana gençliğinde vermiş

Aldım o hevesle kilki deste
Bu nazmı dedim şikeste beste

Noksanıma vardır itirafım
Bihude değil velik lafım

Bed renk ise de kumaş-ı evren
Kalmaz yine kâla-i Halep'ten

An kes ki zi şehr-i aşinayist
Dâned ki meta-i mâ kucâyist

Âgaz-ı dastan

Dilzinde-i feyz-i Şems-i Tebriz   240
Neypare-i hâme-i şekerrîz

Bu resme koyup beyan-ı aşkı
Söyler bana dastan-ı aşkı

Kim vardı Arap'ta bir kabile
Mustecmi-yi haslet-i cemile

Serlevha-yi defter-i fütüvvet
Serhayl-i Arap Beni Muhabbet

Amma ne kabile kıble-i dert
Bilcümle siyahbaht u rû-zerd

Giydikleri aftab-ı Temmuz   245
İçtikleri şule-i cihansûz

Vadileri rîk ü şişe-i gam
Kumlar sayısınca hüzn ü matem

25

Hargehleri dûd-ı ah-ı hırman
Sohbetleri ney gibi hep efgan

Her birisi bir nigâra urgun
Şemşir gibi dehan-ı pür hun

Erzakları bela-yı nâgâh
Ateş yağar üstlerine her gâh

Ektikleri tane-i şirâre   250
Biçtikleri kalb-i pare pare

Onlar ki kelama can verirler
Mecnun o kabiledendir derler

Her kim ki belaya mürtekiptir
Elbet o ocağa müntesiptir

Sattıkları hep meta-i candır
Aldıklar sûziş-i nihandır

Sıfat-ı bezm

Kasdeylese bunlar ayş u nûşa
Tufan-ı bela gelirdi cûşa

Sagarları gürz-i kuhpeyker   255
Sahbaları merk-i dehşet-âver

Meclisleri rezmgâh-ı âşûb
Mutribleri hay u huy-ı dilkûb

26

Pinyali piyale zannederler
Pergâleyi kâla zannederler

İzrail o kavma saki-yi has
Mirrih bezimlerinde rakkas

Kanun u nakare savt-ı şîven
Teb-lerze-i cangüdâz def-zen

İşret arasında nakl u badâm   260
Çeşm-i bed-i halk u zehr-i âlâm

Minadaki penbe penbe-i dağ
Dağ içre şarab-ı şule ırmak

Feryad u şikence yeis ü hasret
Esbab-ı safa dahi ne hacet

Sıfat-ı şikâr

Azmeyleseler şikâra bunlar
Gitmez gelecek diyara bunlar

Tihûharı susmar olur hep
Dürracları perende akrep

Şehbazları nigâh-ı hasret   265
Tuttukları cuğd u bûm-ı dehşet

Pertab ile hakalansa ejder
Hoş geldi saf-ı külüng derler

Ahuları dûd-ı ah-ı serkeş
Endamı siyah şâhı ateş

Sayyadları şikâra urgun
Tavşan o güruha telli kurşun

İster oku gitmeye yabana
Kendi çekinir zıh-ı kemana

Urdukları efi-yi münakkaş   270
Okyılanı tîr rûy tîrkeş

Sıfat-ı bahar

Ol semte gelince nevbaharân
Sahraya olurdu hep girizan

Peyvend edip ah-ı dağı dağa
Çün berk giderler idi bağa

Maksudları heman akar su
Yeksan leb-i şerha vu leb-i cu

Şebboyı görür kimi sanır şeb
Kimisi de sünbüle der akrep

Dağ-ı gamı gül-feşan sanırlar   275
Kan ırmağın erguvan sanırlar

Her biri gezer kenar-ı bağı
Devşirdiği lâle kendi dağı

Bilmez biri zevk-ı bustanı
Almış onu derdi dilsitanı

Bilmez ki nedir nihal-i gülnar
Ateş mi bitirdi yoksa gülzâr

Gül mi güler erguvan mı ağlar
Etfal-i nihal kan mı ağlar

Bülbülde mi gülde mi bu efgan   280
Sünbül mi eder acep perişan

Cubara niçin uruldu zencir
Durmaz yine kimden oldu dilgir

Kimdir düşüren havaya servi
Almaz kanat altına tezervi

Derdi ne ki nerkis oldu bimar
Bakmaz mı yüzüne yoksa dildar

Ateş mi yağar heva yüzünden
Gül mi biter iştikâ yüzünden

Bilmez biri hâk ü asmanı   285
Seçmez gözü necm ü gül-sitanı

Mecnun gibi her yeri gezerler
Amma katı serseri gezerler

Her faslı baharına kıyas et
Söyletme hazanların herâs et

Vak'a-i garibe

Bu taifenin içinde bir şeb
Bir hal güründü gayret agreb

Doğdu o şeb içre bin serencam
Dehşetle dolup hava vu ecrâm

Bir birine girdiler felekler   290
Ağlar kimisi güler melekler

Bin şevk u tarab hezar korku
Nâkus u nakare bang-ı ya hu

Bir velvele sakf-ı asmanda
Bir zelzele sath-ı hâkdanda

Geh zulmet olurdu tuy ber tuy
Geh nur yağardı suy ber suy

Hep secdeye vardı berk ü eşcâr
Hayretle eridi aktı enhâr

Geh zahir olup hezar tehdit   295
Geh mevc ururdu bîm ü ümit

Encüm arasında iktiranat
Baran-ı ferah tegerg-i âfât

Zulmetle mahuf çok sadalar
Avaz-ı bülend-i âşinâlar

Herkeste bu iztirap sarî
Dilşadlık emr-i itibari

Güm güm öter asman sadadan
Güm-keşte zemin bu maceradan

Viladet-i Hüsn ü Aşk

Oldu bu saraya pânihâde   300
Ol gece iki kibar-zade

Fil hal açıldı subh-ı ümit
Hem mah doğdu hem de hurşid

Ol hale sebep bu iki şehmiş
Her biri süvar-ı mihr ü mehmiş

Amma biri duhter-i semenber
Biri püser-i Mesih-peyker

Fehmetti kabile macerayı
Hep duydu bu iki mübtelayı

Hüsn eylediler o duhtere ad   305
Ferzend-i güzine Aşk-ı nâşad

Hüsn'e dedi sonra kimi Leyla
Şirin dedi kimi kimi Azra

Mecnun kodu kimi Aşk için ad
Vamık dedi kimi kimi Ferhat

31

Sonra o lugat olup diğergûn
Leyla dedi Aşk'a Hüsn'e Mecnun

Her an bozup kaza tılısmı
Bir gûne değiştirirdi ismi

Bunlar dahi tıfl-i bî-serencam   310
Gerdun dolaşır ki ede gümnam

Gümnamlık ile bula şöhret
Güm-keştelik ola sonra adet

Namzed şoden bâ hem diğer

Bir bezm-i latif olup mürettep
Sâdat-ı kabile geldiler hep

Rey eylediler ki bu iki mah
Bir birinin ola hâh nâhâh

İrza edeler babalarını
Böyle edeler dualarını

Bu reyi olup kaza müessis   315
Bî gaile hatmolundu meclis

Zindegâni-yi Aşk yahut sıfat-ı perveriş-i Aşk

Bed'eyledi Aşk pîç ü tâba
Bend oldu kumât-ı ıztıraba

Yaptırdı sipihr-i pür felaket
Tabuttan ona mehd-i rahat

Ta didesi ola hâba mutad
Bu şiiri ederdi daye inşat

Tardiye

Ey mah uyu uyu ki bu şeb
Gûşunda yer ede bang-ı ya rab
Malum değil eğerçi matlab   320
Öyle görünür ki hükm-i kevkeb
Sîh-i siteme kebap olursun

Ey gonca uyu bu az zamandır
Çerhin sana maksadı yamandır
Zira katı tünd ü bîamandır
Lutf etmesi de veli gümandır
Havfim bu ki pek harap olursun

Ey nerkis-i Aşk hâb-ı naz et
Damen-ı kazaya düş niyaz et
Bin havf ile çeşm-i canı baz et   325
Encam-ı beladan ihtiraz et
Baziçe-i inkilap olursun

Gel mehd-i safâda rahat eyle
Bir kaç gececik feragat eyle
Fikreyle sonun inayet eyle
Süt yerine kana adet eyle
Peymanekeş-i itab olursun

Mehd içre uyu ki ey semenber
Kalmaz bu revişte çerh-i çember
Bir hal ile gerdiş etmez ahter   330
Seyret sana az vakitte neyler
Seyl-i gama asiyab olursun

Bidarlık ile etme mutad
Uykudan olur olursa imdat
Bir zehr sunup bu çerh-i cellat
Galip gibi kârın ola feryat
Bezm-i eleme rebap olursun

Mehd içre ol afet-i semenber
Mah-ı nev içinde mihr-i enver

Cümbide olunca mehdi her an   335
Simab gibi olurdu lerzan

Lerzişte idi o necm-i ümid
Ayine içinde sanki hurşid

Çah içre misal-i mah-ı Nahşeb
Ya mihre yer oldu burc-ı akrep

Gehvarede çün olurdu dilgir
Titrerdi kılıf içinde şemşir

Mehd içre uyurdu çün o afet
Cism içre bulurdu ruh kuvvet

Nur-ı nigeh iki san o ahu 340
Olmuştu makamı künc-i ebru

İsa idi ya o tıfl guya
Mihrap idi ona mehd-i ulya

Amma yine gamdan idi bizar
Rahat döşeğinde sanki bimar

Bir hal ile eylemezdi ârâm
Titrerdi misal-i şule endam

Gahice ki pek harap olurdu
Derlerdi ki mest-i hâb olurdu

Vel hasıl o ateş-i gül-endam 345
Bu cümbüş ile geçerdi eyyam

Zindegâni-yi Hüsün

Olurdu kaza-yı nâ be saman
Hüsn'e dahi gehvarede cünban

Kıldı onu da sipihr-i bîdad
Bir cünbüş-i vajgûna mutad

Mahzunluk içinde zevk-i şadi
Dilşâdlık içre nâ muradi

Surette çok ihtiram ederdi
Hâbı gözüne haram ederdi

Çün fitne idi o şuh-ı gaddar   350
İsterdi kaza ki ede bidar

Tafsilden edelim feragat
Ta olmaya mucib-i melâlet

Şayeste değil ki ola yâran
Evvel nazarında deng ü hayran

Zuhur-ı Mukaddimat

Çün geçti bu hal ile meh ü sâl
Vakt oldu ki etmeye gam ihmal

Sâdat-ı kabile oldular cem
Bu rey-i rezine yaktılar şem

Kim ola bu iki şuh-ı âkıl   355
Tahsil-i hünerle bedr-i kâmil

Sermaye-yi arzu hünerdir
Baş eğme kişiye tac-ı serdir

Çün kıldı kamerle aşinayî
Herkes işitir bilir Süha'yi

Sabaktaş şoden-i işan

Bir kışra girip dü mağz-ı bâdâm
Bir mektebe vardılar Edep nam

Bir beyt olup iki tıfl-i mısra
Mana-yı latife oldu matla

Efsun olur iki çeşm-i câdı   360
Piş-i nigehinde rahle ebru

Hâme gibi dü zeban u yek dil
Bir bahsi olurlar idi nakil

Yek nur olup iki şem'-i kâfur
Kıldı orasın sarây-i billur

Mektep olup arada heyula
Bir surete girdi iki mana

Bir şâhta iki gonca-i gül
Birbirlerine olurdu bülbül

Biribirine ulaştı bunlar   365
Ol goncada kan yalaştı bunlar

Ayine ederler idi gâhi
İrsal-i meselde mihr ü mahı

Bir yerde olup ikisi calis
Ayineye girdi aks ü âkis

Mektep o harem-sarây-i vahdet
Cem oldular onda hecr ü vuslat

Birbirine çeşm-dâr-ı hırman
Firdevs içinde hur u gılman

Olsun meh ü mihr-i çerh menus   370
Pervane vü şule cevv-i fanus

Mabeynde târ ü pud-ı vuslat
Hayran hayran nigâh-ı dikkat

Hep dersleri rıza vu teslim
Mollâ-yı Cünün pir-i talim

Sıfat-ı Cünün

Amma ne Cünün şeyh-i kâmil
Müfti-yi müdebbiran-ı âkıl

Tenha-rev-i vadi-yi muhalat
Vareste-i kayd-ı ihtimalat

Cehlin gecesin sabah kılmış   375
Menhileri hep mübah kılmış

Çıkmaz ne umuru şâh-ı fikre
Düşmez yolu seng-lâh-ı fikre

Efali çira vu çundan dûr
Hem dinde him küfürde mazur

Yanında şeh ü geda müsavî
Aklın sözü türre vü mesavi

Yek başına padişah-ı kadir
Hükmünce gider bütün meşair

Yoktu ser ü kârı zann u şekte   380
Hiç şüphesi kalmamış felekte

Allah'a bile olursa serkeş
Havf eylemez onu yakmaz ateş

Başlı başına bir özge sultan
Askerleri var serâser uryan

Var huccetine göre usulü
Çespide kıyasına fusulü

Bahsetse eder cihanı ilzam
Bir sözle eder fihâmı ifham

İbni Melek'i sokup zemine   385
Bin neng bulurdu Fahreddine'e

Seyredip imâmesin İmad'ın
Şağlam Hâce takmış iki adın

Bezminde kopuzcu Mirza Can
Bir cürcine harcı Fahr-i Jurjan

İklim-i belada şeyhülislam
Kavline terettüp etmez ahkâm

İhsanına kör dilence İblis
Kaşmerbaşısı Aristetalis

Aşık şoden-i Hüsün bâ Aşk

Ber hükm-i kaza-yı nâmuvafık   390
Hüsn oldu cemal-i Aşk'a aşık

Bin can ile Hüsn-i alemara
Çün oldu o Yusuf'a Züleyha

Maşuk olacakken oldu aşık
Azra olacakken oldu Vamık

Etti ruh-ı Hüsn'ü nesteren-zâr
Ruhsare-i Aşk u aşk-ı ruhsar

Elf okusa kaddin eyleyip yâd
Ta arşa çıkardı ah u feryad

Cim okusu zülfe eyleyip dâl   395
Bir noktadan anlar idi bin hal

Hançer gibi râdan idi bîmi
Tutmazdı lebinde harf-ı mîmi

Dendane-i sîn-i erre-sima
Eylerdi nihal-i ömrün ifna

Sîparesi elde bedr-i taban
Manend-i kelef hattı perişan

Etfal eder idi derse rağbet
Bunlar biri birine meveddet

Der çigûnegi-yi muhabbet-i işan

Var eyle o gülşeni tahayyül   400
Pervanesi gül çerağı bülbül

Hun-germ idi Aşk'a la'l-i nûşin
Ferhad'ına can verirdi Şirin

Tuti görünürdü ol şeker-leb
Maşuk idi aşıkane meşrep

Leyla'sı hayal-i Kays'e Mecnun
Pervaneye şem'i zâr u dilhun

Geh kâkülini dökerdi dildar
Gülbuseye dağ açardı ruhsar

Geh la'li açıp o gûne sohbet   405
Berk-i gül olurdu çak-i hasret

İsmet komaz olmaya dehan-baz
Peyda iki lik gevher-i raz

Hüsn'ün sözü ülfet ü muhabbet
Aşk'ın işi hayret içre hayret

Surette cenab-ı Aşk hamuş
Girdap gibi muhit eder nûs

Sevmez mi sever mi kimse bilmez
Ol rütbe de bîhaber denilmez

41

Hamuş ne ah eder ne efgan   410
Medhuş ne yol bilir ne erkân

Ayine gibi heman o afet
Bî can u zeban bir özge suret

Baktıkça alır cenab-ı Hüsn'ü
Cezbeyler o aftab-ı Hüsn'ü

Hurşid gibi o mah-ı Nahşeb
Yekpare nazar ne gûs u ne leb

Ateş gibi Hüsn olur füruzan
Allah bilir kim ola suzan

Eşki gibi Hüsn olurdu bîtap   415
Her an başına tavk-ı girdap

Mina gibi Aşk'a ser-furûde
Bu şişede sanki o sebude

Dilhun idigi bu aşikâre
Zahirde ol ise seng-pare

Hüsn'ün talebi verâ-yi imkân
Aşk'ın garez-i zamiri pinhan

Ahu gibi hoşhiram u bed-hû
Hiç kimseye eylemez tekâpu

Hüşn olmada ol füsunkâra   420
Manende-i dam pare pare

Gâhice ki Aşk göz süzerdi
Hayretle bu şuh can üzerdi

Dest-i nigehinde tig-i dikkat
Endişeye rah açardı hayret

Derdi ki acep bu çerh-i aşub
Ben hâkini eylemez mi matlub

Besbelli ki gayri yâr özler
Âyâ ne şekil şikâr gözler

Bedr ise muradı ben şeb olsam   425
Gerdunu severse kevkeb olsam

Hangi püt için eder tayahhül
Zünnar olamaz mı bana kâkül

Olsam o pütü görüp berehmen
Mahbubuna hizmet eylesem ben

Gâhi de tefekkür edip ol mah
Derdi bu ne söz neuzu billah

Hiç var mı felekte öyle kevkeb
Kim mihr ede maha arz-ı matlab

Ben maha ki etmeye o rağbet   430
Eyler mi Süha'ya sarf-ı dikkat

Lakin yine Hüsn-i alemara
Etmezdi bu macerayı ifşa

Ketmeyler idi bu güft ü guyu
İncitmez idi o mahruyu

İsmi veli Hüsn-i bî bahane
Amma ne idi o bî baha ne

Der vasf-ı Hüsün

Bir lâle-ruh-ı siyah-kâkul
Sünbüller içinde gonca-i gül

Ayine-i sîne bahr-i simab   435
Ikd-ı güher olmuş onda girdap

Dendan u dehanı idi lâ rayb
Pür dürr ü güher hazine-i gayb

İcazda ol dehana maksur
Bir nokta vu şerh-i ayet-i nur

Lebteşne-i hayrete zenahdan
Peymane-i sîm-i ab-ı hayvan

Hayret-dih-i can o çeşm-i şehbaz
Ahu-yı füsun kebuter-i naz

Bazu-yı latifi şâh-ı sîmîn   440
Guya ki hamiri berk-i nesrin

Engüşt-i sefidi şem'-i kâfur
Gülberk-i hınası gonca-i nur

44

Bala-yı bülendi mahşer-icat
Kaddiyle bela-yı asman şad

Cümbüşleri fitne-i kiyamet
Gisûsu o fitneye alamet

Lebteşne-i harfi la'l ü inci
Yakut lebi veli suhan-gû

Zülfe çekip ebruvanı şemşir   445
İki tarafa bölündü zencir

Bimar nigahı düşmen-i can
Gisû-yı siyahı hasm-ı iman

Pür nur u beyaz o sîne-i saf
Benzerdi amûd-ı subha bî laf

Gerden leb-i cuda serv-i simab
Guya ki Boğaziçi'nde mehtap

Envar-ı sabah-veş binagûş
Hurşid ona şebçirağ mengûş

Zıh-gir-i mücevher ile ol dest   450
Serpençe-i mihri kıldı eşkest

Ruhsarı sabah-ı id-i ümit
Gülgûnesi hun-ı çeşm-i hurşid

Bazuları kevser-i muhalled
Engüşteri cevher-i mücerred

Pervin-i felek ve sair ahter
Gerdanına beste ıkd-ı gevher

Gisûları genc-i anber-i ham
Hâl-i ruhu ona Hindu-yi bâm

Pistan-ı turunc-ı bağ-ı cennet   455
Çeşmi o turunca mest ü hasret

Ka'bın edip ol peri muhanna
Düştü ayağa ayag-ı sahba

La'l-i lebi gevher-i şekerrîz
Şem'-i ruhu mahtab-ı gül-bîz

Ebruları hire-saz-ı efham
Müjgânleri nîze-baz-ı evham

Reng-i ruhu penbe içre yakut
Mana-yı dehanı harf-i meskut

Ruh-ı lebi cevher-i tekellüm   460
Gül ruhları cennet-i tebessüm

Şemsir be kef o çeşm-i sâhir
Gencine-i milk-i naza nazır

Künc-i dehanında hâli guya
Bir Magribidir ki genc-cûya

Ruhsarına saye salsa müjgân
Baştan ayağa olurdu lerzan

Bu beyt ile san Nizami-yi pir
Müjgân ile zülfün etti tabir

Zulfeş reh-i bûse-hâh miruft   465
Müjgâneş Huda dehad miguft

La'l-i lebi şule-i şeker-nûş
Gül ruhları nev-behar-ı gül-pûş

Ol sîne-i saf o gerden-i nur
Ayineye karşı şem'-i kâfur

Gencine-i sîne genc-i neyreng
Ayine içinde nakş-ı Erjeng

Şirin lebi hemçü gonca-i nur
Pervanesi hem-safir-i zenbur

Tîr-i nigehi şihab-ı şâkıb   470
Sehm-i sitemi kaza-yı sâib

Sîrab-ı hayali feyz-i mülhem
Bîtab-ı makali sırr-ı müphem

Gülgûn kabâsı hun-ı tavus
Nazında hezar renk mahsus

Bizar-i cefası mülk-i efgan
Gülzâr-ı edası Şekkeristan

Çin-i sitemi bela-yı ümit
Mihr-i keremi safa-yı cavid

47

Çeşminden ereydi Hızr'a derman   475
Zulmet görünürdü ab-ı hayvan

Eyler dile zülfü vad-ı peyvend
Tefrika eder nigâhı sevgend

Olmuştu o turre-i perişan
Tuğrakeş-i katl-i derdmendân

Alıp şeh-i Milk-i Nazdan bâc
İklim-i Niyazı kıldı târâc

Misk kafilesin urup o gisû
Her târına dizdi kurs ü tenzû

Kâkülleri afet-i dil ü din   480
Fermanına beste Çin ü Mâçin

Çeşmân-ı siyehle nakr-ı ebru
Mihrabın içinde çifte ya hu

Hâl-i siyehi bela-yı saman
Şûriş-dih-i Zengibar u Sudan

Ahu-remeveş hezar Leyli
Mecnun-ı hayalinin tufeyli

Zülfünde hezar rişte-i can
Peyveste-i târ u pûd-ı nisyan

Gül ruyına nice can-ı âgâh   485
Gülbang-keşan-ı barekallah

Yekpare nezaket ü letafet
Hemvare melahat u sabahat

Ey hâme hezar barekallah
Oldun cezebât-ı Hüsn'e âgâh

Yâd eyledin ol mehin sen'asın
Vasfeyleyerek tamam edasın

Çün nazm ile maksadın eserdir
Aşk'ı dahi söylemek hünerdir

Der sıfat-ı Aşk

Bir mahruh-ı siyah-çerde   490
Çün ab-ı beka verâ-yı perde

Hat cevher-i sebz-i ab-ı şemşir
Mehtab-ı siyeh-behar-ı Keşmir

Gülzâr-ı gamında Hızr-ı mana
Zehrabe-hor-ı hayat-ı dünya

Mağrur nigâhına ne kabil
Cibril ola mürg-i nim-bismil

İzrail-i gamze afet-i can
Fitne ona çeşmi bağlı kurban

Hatt-ı ruhu dûd-ı nar-ı Nemrud   495
La'l-i lebi kevser-i mey-âlud

Ser-cümle helak olurdu afak
Hatt olmasa mâr-ı zülfe tiryak

Çeşminde nühüfte nutk-ı İsa
Bir sözle eder kazayı ihya

Sermest nigâhı tig-i bürran
Sahbası sirişk-i çeşm-i huran

Zir-i külehinde târ-i perçem
Mah içre nüvişte ism-i azam

Elde kılıç aftab-ı hun-bâr   500
Eyler şühedayı gark-ı envar

Zülfü ki eder füsunu âgâh
Gamze okur el-iyazü billah

Eyler nigehi ederse bîdad
İsa'yi arus-ı merke damat

Hat gerd-i lebinde nur-ı tenzil
İsa gibi nazil olmuş İncil

Bir hasta bu kim neûzü billah
İzrail önünde el-aman-hâh

Cellad-ı nigâhın et temaşa   505
İzrail'i gör ki ruh-bahşâ

Bir leb k'ede harf-i mihrin irad
Kan içme şafakveş ona mutad

Müjgânı ki nim cümbüş eyler
Bin cünd-i bela nümayiş eyler

Ruh-ı suhanı ki canfezadır
Uşşakına aslı yok beladır

Envar-ı cemali olmaz idrak
Hurşid yanında bir avuç hâk

Mana-yı dehanı sırr-ı Lahut   510
Her va'di serap-gâh-ı Nasut

Bir rütbededir tecelli-yi naz
Olmaz Erinî-ye gûşu hemraz

Aşıkları hasm-ı dîd-i vâdîd
Müjgânları pençe-baz-ı hurşid

Ol bîgama hun-ı çeşm-i Yakup
Gülgûne-i nev-arus-ı matlub

Ham-nâle-i ney heves-gerânı
Bezminde terane Len terânî

Fitrakine beste mürg-i iman   515
Zünnar-güşiste rişte-i can

Hatt-ı lebi hun-ı akla fetva
Kurbân-ı nigâhı can-ı takva

Nutku leb-i tig-i naza üstat
İncazı da va'di gibi bîdad

Şemşiri bihişt-i huna tavus
Şeşperri künişt-i dine nâkus

Şebdiz-i sipihre mihri Husrev
Zin hanesi hane-i meh-i nev

Bîdilleri va'dı gibi berbat   520
Manend-i habâb süst-bünyad

Bu beyt ile Neşet-i suhan-saz
Tafsil-i cemalin etmiş icaz

Şem'-i ruhuna sipihr fanus
Pervane melek velik meyus

Yekpare bu çerh olaydı hurşid
Kaşına hilal ederdi taklit

Benzerdi cemal u hattına ger
Zulmette doğaydı mihr-i enver

Bedr içre olaydı Zühre demsaz   525
Hâl-i ruhuna olurdu enbaz

Nur-ı siyeh olsa pare pare
Etmem ben o zülfe istiare

Nûş eylese ab-ı Hızr'ı İsa
Hatt-ı leb-i Aşk başka mana

Ger Yusuf olaydı haml-i Meryem
Olurdu cemal-i Aşk'a tev'em

Zî ruh olaydı gonca-i nur
Bûs-ı lebine olurdu zenbur

Bir surete girse küfr ü iman   530
Ol hattı ederler idi ferman

Feyz alsa Mesih'ten Hülagu
Olurdu o gamzeye dua-gû

Ruhsaresine hat-ı muanber
Firdevs-i berin içinde kâfer

Yok yok o izâr-ı pake kâkül
Harman-geh-i ateş içre sünbül

Ol sâhir-i gamze bîmuhaba
Cibril çi vü kudâm İsa

Etmez gamı arzu-yı bîdad   535
Yoksa nolacak bu heft bünyad

Vermez nigehine izn-i yağma
Çoktan yıkılırdı din ü dünya

Tufan-ı gama çü niyet eyler
Etfal-i şirişke rahmet eyler

Nuh-ı gamı olsa Lâ tezer-hân
Firavn'ı ederdi gark-ı iman

Harut-ı nigâhı etse ima
Üftade-i çah olur Züleyha

Küfr olsa harab-ı dine memur   540
Çeşm-i siyehi veriridi destur

Bir dilde ki yaktı şem'-i matlub
Pervanedir onda kirm-i Eyüp

Pazar-ı muhabbetinde Yusuf
Alude be hun-ı sad teessüf

Deryûze-gerân eder serâpâ
Cem mührünü zîb-i dest-i beyza

Ruhsaresi aftab-ı suzan
Ateşler içinde mihr-i rahşan

Âmeden-i Hüsün gâh gâh be halvet-gâh-ı Aşk

Saki kerem eyle bî dimağım   545
Pâbeste-i rişte-i ferağım

Mey ver ki bu dert çaresizdir
Derya-yı suhan kenaresizdir

Bî cûş kala bu kulzüm-i saf
Ben söylemeyim sen eyle insaf

Mey nurunu çün diriğ edersin
Mah-ı dili zîr-i miğ edersin

Vehmet dil-i pare paremizden
Dîbânı sakın şiraremizden

Başımdaki kulzüm-i hevestir   550
Sözden ne çıkar ki bir nefestir

Saki meded et ki müstmendim
Pazar-ı belada gam-pesendim

Lazım bana nice nakd-ı güftar
Ta cins-i gama olam haridar

Güftar velik mestlikten
Üftadelik vü şikestelikten

Mey ver ki suhan hitama erdi
Sermaye-i gam hitama erdi

Müşkil bu henüz olurken âgaz   555
Dibaçe-i raz kaldı nâsaz

Mey ver bana ey gül-i letafet
Hem sor ki ne eylerim hikâyet

Saki-yi şarab-ı bezm-i mana
Bu neşeden oldu ruh-bahşa

Kim Hüsn edip iştiyakı efzun
Günden güne mahveş oldu dilhun

Derd-i dilin etti aşk müzdad
Bin fikr ü hayale oldu mutad

Artırdı cemalin ıztırabı   560
Nev-i diğer oldu ab u tabı

Endamına lerze verdi bu tab
Ayine idi velik simab

Cam-ı mül-i şuleye kanardı
Ruhsarı pırıl pırıl yanardı

Gülgûnesi hun-ı eşk-i hırman
Esfidi beyaz-ı çeşm-i giryan

Bahtı kara zülf-i pür hamından
Hâbı dağınktı perçeminden

Geh zülfünü ferş-i rah ederdi   565
Geh hemçü saba gelip giderdi

Ârâm u sükun kârı düşvar
Avarelik ihtiyarı düşvar

Bir gûne kurardı lu'bet-i naz
Şatranc-ı gama bulurdu açmaz

Nahid gibi olup şebaheng
Kalmazdı sabaha nale-i çeng

Her şeb reh-i ömrünü dürerdi
Halvetgeh-i Aşk'a yüz sürerdi

Her gece misal-i kirm-i şebtab   570
Bağ-ı emele olurdu rehyab

Uykuda görünce çeşm-i yâri
Pervaneden öğrenirdi zârı

Yani ki o bülbül-i hoşelhan
Hamuş hamuş ederdi efgan

Bir rütbede nerm ederdi reftar
Olmazdı halide pâyine har

Çün kevkeb-i sabite giderdi
Guya felek ile seyrederdi

Gamdan nefes almayıp o bîcan   575
Manend-i habab olurdu lerzan

Huffafveş ol hüma-yı devlet
Şebrevliği eylemişti adet

Zulmette gezerdi bîmuhaba
Mana idi harf içinde guya

Mehtaba olurdu sayegüster
Ta olmaya nuru bar-ı dilber

Etmezdi ayak üzre reftar
Sayem düşe yâri ede bidar

Mehtaba olunca saye-pîrâ   580
Eyler idi ebr-i ahı bala

Bahtın dahi istemezdi bidar
Şayet vere hâb-ı yâre azar

Bî sît ü sada gelir giderdi
Guya ki gönülde seyrederdi

Tayyeyler idi dil-i fegarı
Ayine içinde Zengibarı

Bir ah ile kaldırıp nikabın
Zulmette görürdü aftabın

Maksat bu ki ede seyr-i didar   585
Âgâh-ı nigâhı olmaya yâr

Bidar bulunca dilnüvazın
Açmazdı sahife-i niyazın

Sûz-ı gam ile edip müvasa
Handan görünürdü sule-âsâ

Şirin şirin deyip fesane
Şekker-hâba edip bahane

İsterdi ki yâri ede der hâb
Söylerdi meselde kâh-ı sincap

Zülfiyle edip sirişki pinhan   590
Cuy u çemeni olurdu guyan

Irlardı cünün teranesinden
Leyla Mecnun hikâyesinden

Ahir uyudukça ol semen-rû
Ol bağa ederdi çeşmin ahu

Mecnun-veş olurdu ol hıredmend
Bir sade nezare ile horsend

Var bunda bir aşikâre mana
Kim Hüsn idi Aşk'a aşık amma

Seyrine gece ederdi rağbet 595
Etmişti niyaza nazı sebkat

Der sıfat-ı bahar

Rıdvan-ı bihişt-i afiriniş
İnsan'ül ayn-ı ehl-i bîniş

Yani ki kalem-i siyeh-came
Bu tarz ile bed'edip kelama

Bir dem ki bahar-ı alemefruz
Bahş etti cihana cam-ı nevruz

Ol mülden olup zamane sermest
Neyreng-i tılısmın etti eşkest

Dünya dolu neşe-i tarabdan 600
Mahşer yerı nakş-i bül-acepten

Cennet gibi sebze cûş ber cûş
Eyler gül ü lâle nûş ber nûş

Her kûçede bir bahar-ı firuz
Her goncada bir kaba-yı nevruz

Bilmem ne şarap içirdi hurşid
Etfal-i çemen hep oldu Cemşid

Baran yerine yağıp mey-i nab
Döndü çemenin başına girdap

Ahu gibi ebr-i nev-demîde   605
Beslendi hava-yı sünbülîde

Bir rütbe hava rutubet-efza
Kim oldu nesim seyle hempâ

Feyz aldı sefalden karanfil
Bûy-ı gül ile sulandı sünbül

Cûş eyledi çeşme-i zümürrüd
Akseyledi tarem-i zeberced

Berk etti o gûne bir şeker-hand
Kim mah eder oldu ona sevgend

Meddeyledi cuy-ı şiri mehtap   610
Çalkalandı gümüş suyuyla simab

İnsanı rutubet etti mahmur
Oldu müje şehd-ı hâba zenbur

Bir feyz verip hava-yı gülbiz
Bağ etti şerengi gül-şekerrîz

Bir neşe verip bahar-ı pür şûr
Kıldı rek-i ebri târ-ı tambur

Çün kıldı hava rutubetin saz
Göstermedi mürg-i şule pervaz

Pür nem bu hava-yı abharide 615
Reng-i gül olur mu hiç perîde

Gösterdi hava çü sîne-i baz
Kimdir vere mürg-i hâba pervaz

Sahba-yı cünun alıp dimağın
Bağlandı ayağı cuya bağın

Nevruz edecek havayı nemnak
Tuti peri oldu sebze-i hâk

Nesr-i felek indi aşiyane
Gülgonca humaya oldu lâne

Ta namiye öyle buldu kuvvet 620
Ervah çeker nihale hasret

Her tâk ki mehd-i tâka yattı
Pistan-ı sehaba el uzattı

Her dür ki sehabdan döküldü
Etfal-i çemen sevindi güldü

Ebr eyledi bağı nûşa gencur
Sekerde uçardı tuti zenbur

Misk idi nesim-i bustanı
Dinmezdi ruaf-ı ergavanî

Zincir-i cünun edip teselsül 625
Cubara karışti mevce-i gül

61

Cûş etti o rütbe seyl-i nisan
Seng ü hazef oldu dürr-i galtan

Micmer gibi göz göz oldu dünya
Her çeşme gülabdan-ı ziba

Çerh etti dimağını muattar
Berk eyledi atseyi mükerrer

Bir neşv ü nema düşüp zemine
Ta erdi sipihr-i çarumine

Her tude-i hâk olup Bedahşan   630
Lal ırmağı oldu bağa cûşan

Ol feyz ile oldu hare vü seng
Hem-şa'şaa-i harir-i gülrenk

Her gonca ki çıktı gülsitandan
Raz açtı zemin ü asmandan

Şah-ı güle döndü şah-ı ahu
Misk nafesi verdi serv-i dilcû

Cennet haberin getirdi gülzâr
Tuba'ya nazire har-ı divar

İsrafil olup nesim-i ziba   635
Kıldı haşer-i zemini ihya

Bülbül gibi geldi şevk-ı bali
Açtı güle gonca kıylükali

Hercâyi benefşe eyleyip cûş
Hem hâme hem oldu name hamuş

Nerkis söz açıp şarab u neyden
Dür saçtı peyam-ı tac-ı Key'den

Kaldırdı elin çinar-ı serkeş
Bir söz dedi var içinde ateş

Yaktı o haberle lâle dağı   640
Aşüftelenip gülün çerağı

Doldu yer ü gök figan u zâra
Olmadı o sohbet aşikâre

Susen boyanırdı yaseminden
Kan damlar idi ruh-ı semenden

Gizli öpüşüp gül ü karanfil
Nerkislere el salardı sünbül

Gülşende fısıltı oldu peyda
Ettiler onu nesime ifşa

Sıfat-ı subh

Bir subhdem etti bağı ihya   645
Asar-ı sabah-ı ruhbahşa

Olmuştu şafak diraht-ı Meryem
Doğmuştu meğer Mesih-i hoşdem

63

Mihr eyledi öyle bir tecelli
Zannoldu ki Tur'a çıktı Musa

Hurşid sabahı kıldı pür nur
Cây oldu Ali'ye Kuh-ı Billur

Açıldı kilid-ı çah u zindan
Mısr'a yine Yusuf oldu sultan

Bedr etti esas-ı subhu tesis   650
Manzur-ı Cem oldu arş-ı Belkis

Cekti yine Zülfekarı Haydar
Şemşir ile fetholundu Hayber

Mihre mahal oldu subh-ı hurrem
Tekrar bihişte girdi Adem

Açtı reh-i gaybi Hızr-ı mana
Mir'at-ı İskender oldu dünya

İsmail-i mihri tuttu mükrem
Öptü ayağını Çah-ı Zemzem

Hurşide yer oldu subh-ı dilkeş   655
İbrahim'e gülşen oldu ateş

Mihr eyledi subhu ıhn-ı menfuş
Ecza-yı zamane oldu gülpûş

Seyreyledi cuy-ı şiri Şirin
Uşşakına sundu cam-ı la'lin

Yüz tuttu veli aziz-i matlub
Amma ki ağardı çeşm-i Yakup

Birun reften-i Hüsn ü Aşk berayı
temaşa ba Nüzhetgâh-i Mana

Tesir-i havadan Aşk-ı zî şan
Olmuştu uyûn-ı şevki cûşan

Hüsn'e dahi geldi başka halet   660
İkisi de kıldı kasd-ı nüzhet

Kıldı o iki çerağı ruşen
Nüzhetgeh-i Mana'yı neşimen

Nüzhetgeh-i Mana öyle bir yer
Kim abı benefşe hâki amber

Ol bağ-ı bihişt o hâk-i hurrem
Hâk idi velik hâk-i Adem

Sidre'ydi nihal o bağa yekser
Bir ham erik onda çerh-i ahdar

Sersebz giyahı ömr-i cavid   665
Şebnemleri necm ü gonca hurşid

Bir kulzüm-i nur-ı surh gülzâr
Lü'lu-yı hoşabı la'l-i şehvar

Her tudesi Tur-ı sad tecelli
Yok anda kelam-ı Len teranî

Rahşende çerağı nur-ı tenzil
Ferş-i çemen onda bâl-i Cibril

Şebboyları şebçirağ-ı iman
Gülberk-i hazanı cevher-i can

Zerrinleri bahr u kâna kıymet   670
Nerkisleri yadigâr-ı cennet

Hurşid diraht u nuru asbah
Yapmış ona lâne mürg-i ervah

Şehperr-i surûş berk-i eşcar
Manend-i gül-i enar-ı gülnar

Ol gül-çemene ne dun tabir
Üşkufeli sebz şal-i Keşmir

Mirrih idi pasban-ı bustan
Ayçiçeği onda bedr-i taban

Mercan u akik genc der genc   675
Eşcar u simâr sib ü narenc

Ahterle döşenme sahn-ı hâmun
Elmas çakıltaşından efzun

Her rize-i huşk-i seng-pare
Yârana delil olan sitare

Hizmette o gülşene demâdem
İsa gülüdür buhur-ı Meryem

Nevhat nice dilfiribe me'va
Hercâyi benefşe deşt ü sahra

Hemhalet-i gülşen-i tahayyül   680
Gülgoncalar al kanatlı bülbül

Hızr-ı çemeni yem-i zümürrüd
Tarh arada zevrak-i zeberced

Manend-i diraht-ı piste çok hub
Müjganını kılmış onda carub

Kandil-i gül olacak dirahşan
Sahba idi revgan-ı füruzan

Zülfün dağıtınca bid-i Mecnun
Leyla'ya düşerdi kayd-ı hâmun

Serv ettiği demde arz-ı kamet   685
Pâyına düşer gelip kıyamet

Sermest-i cünun şakıyk-ı nu'man
Müstehzi-yi sagar-ı dirahşan

Nevreste nihal-i erguvanî
Baraver-i ateş-i cüvanî

Çevgânı mücevher eyleyip tâk
Serheng idi onda cephe ber hâk

67

Engur-ı siyahı Hindu-yı bam
Amma yeri çardak-ı ecram

Şeftali-yi gül-beyaz-ı malum   690
Dilber yanağı demekle mevsum

Armut ki abdar u hoştur
Destiyle o bağa abkeştir

Ol bağda lâleler serâser
Bustani-yi has surh-efser

Sersebz-i safa diraht-ı alû
Her meyvesi tuti-yi şeker-gû

Kaysıları reng-i la'l-i Leyla
Mecnun-ı hayali cam-ı sahba

Her vişnesi guşvar-ı yakut   695
Nazzare-i çeşm-i aşıka kut

Her sebzesi nevbahar-ı Keşmir
Bî sayf u şita çü levh-i tasvir

Bîhadd ü kiyas çeşm-i cadı
Olmuş o benefşe-zâra ahu

Alû-yı siyahı ab-ı hayvan
Ya gevher-i bînazir-i Seylan

Sünbül ruh-ı nesterende kâkül
Eyler ona şanelik karanfil

Şehbazı değil şikâra me'nus   700
Saydeyler idi tezervi tavus

Hüdhüdleri serde Cem gibi tac
Peri çerisiydi kebk ü dürrac

Olmuştu o bağ-ı şule hâmun
Müstağni-yi mihr ü mah-ı gerdun

Tefside-dilan fişeng-i mehtap
Ruşen-güheran çü kirm-i şebtab

Havz-ı Feyz

Bir havz-ı mübarek ol makamı
Sirab eder idi Feyz namı

Etmiş meğer ol riyazı Mevla   705
Yekpare gümüş suyuyla irva

Mir'at-i cemal-i şahid-i gayb
Ol havz-ı celi idi bilâ rayb

Pinhan idi gûne gûne halat
Derya-yı sıfat u gevher-i zat

Her bir sedefi define-i nur
Çün pile-i çeşm-i ruşen-i hur

Ayine-i sim-i havza her dem
Tasvir olunurdu başka alem

Hızr abı basıp o cây-ı paki   710
Sebz eylemiş ol şerif hâki

Varmış o suya şarab-ı bî gaş
Kim reşk ile olmuş ayn-ı ateş

Ol havza felek garik u mebhut
Mihr ü mehi hemçü Yunus u Hut

Deryüze ederdi görse suyun
Tesnim dökerdi ab-ı ruyun

Elkıssa o gülşen-i ferahnak
Manende-i tab'-i şair-i pak

Der menakabet-i Suhan ki
hansalar-ı Nüzhetgâh-ı Manast

Bir pir-i cüvan-zamir ü ayyar   715
Olmuştu o yerde mihmandar

Namı Suhan u aziz zatı
Mesbuk idi çerhten hayatı

Mahiyet-i Hüsn ü Aşk'a arif
Hasiyet-i germ ü serde vakıf

Endişesi şebçirağı irfan
Sırdaş-ı zamir-i can u canan

Hem mesele hem kitab-ı münzel
Hem mücize hem nebi-yi mürsel

Idlal ü hüdâda misli nadir   720
Her vech ile kabz u basta kadir

Kasdeylese bî silah u cevşen
Eyler idi sulhu cenge rehzen

Eylerdi edince lutf u ihsan
Merk ile hayatı can ü canan

Geh div olur idi gâh peri
Geh bahrî olurdu gâh berri

Gümrehlere Hızr-ı rah olurdu
Bîkeslere padişah olurdu

Geh alim olurdu gâh şair   725
Geh zahid olurdu gâh sahir

Fermanına yeis ü şevk mahkum
Ümid ü rica yanında mazlum

Emriyle olur revan demâdem
Geh eşk-i sürur u gâh matem

Mesrur eder idi sugvarı
Mahmur eder idi huşyarı

Evsaf-ı zekâsı söylenilmez
Manaları var ki kimse bilmez

Muhtac ona cümle halk-ı alem 730
Onunla bulur hayatı âdem

Ruşenger-i hüsn-i mahruyan
Hâkister-i çeşm-i kâmcûyan

Dilşadlara enis ü hoşdem
Bimarlari libas-ı matem

Efkâra göre verir teselli
Mir'ata göre eder tecelli

Kasdeyleyecek eder ne minnet
Bir anda zıddı zıdda illet

Gâh olmuş esir-i çah-ı mihnet 735
Gâh olmuş aziz-i Mısr-ı devlet

Şan-ı Suhan'a bu paye dundur
Evsaf-ı düruğdan füzundur

Mebahis-i diğer

Ey talib-i şebçirağ-ı mana
İnsaf ile kıl kelamım ısga

Bu manada bir iki mebahis
Tatvil-i makale oldu bais

Âkıl kılığında bazı mecnun
Yoktur diyedüştü taze mazmun

Guya ki suhanveran-ı pîşîn   740
Hep söleyeler zaman-ı pîşîn

Hiç kimsede kalmayıp liyakat
Şairlerin ola kârı sirkat

Var mı hele söyenilmedik söz
Kalmış mı meğer denilmedik söz

Bu gerçi değil cevaba layık
Sarf-ı güheri hitaba layık

Amma ki biraz da yavesencân
Pesmande-i kavm-i can bin can

Za'mınca suhanver-i zamane   745
Seccade-nişin-i kahvehane

Tiryaki-yi herze-hâb-ı menhuş
Ateşler içinde hemçü kaknus

Birbirlerine edip tekâpu
Derler ki efendi böyledir bu

Şimdi hani ol suhanver-i Rum
Nermi odabaşı pir-i merhum

Ya Mihneti-yi belakeşide
Ayni Çelebi o nur-ı dide

Eş'arı alıp götürdüler hayf   750
Kaldık hele biz bakiyet'üs-seyf

73

Kıymetlerimiz bilinsin ahbap
Erbab-ı tabiat oldu nâyab

Birbirine satmak için eş'ar
Mazmun-ı nevi ederler inkâr

Mecmuacık elde hokka belde
Dükkânda sokakta her mahalde

Başın salarak taaccübane
Der kim koca Sabit-i yegâne

Kendilere olmamakla makdur   755
İster ede subh-ı nazmı deycur

Tetimme-i kelam

Diğer müteşairan-ı küttab
Kim ekseri hacegân-ı küttab

Kerrake-i sûf pür mübahat
Mevc-aver-i bahr-i ıstılahat

İndinde muzzam-ı matalib
Ezberlene Münşeat-ı Ragıp

Sonra bir iki güzelce oğlan
Tambur u şarab u bazı divan

İş görmede tab'a gelse nefret   760
Bunlarla imiş medar-ı kuvvet

Muğlim deme bu demek değil mi
Şairliği bînemek değil mi

Olmaz hele suhte kısmı şair
Etmem o güruhu bahse dair

Telhis şevahidiyle molla
Dava ede nazmı zur dava

Şehrilerimizde bazı yâran
Semt-i hünere olur şitaban

Tahsili Aşık Torani'dendir   765
Nakli işidir Revanidendir

Manend-i meges biraz eracif
İster ede şehd-i nazmı tezyif

Yani ki kelam-ı taze-mazmun
Nâyab ola hemçü tab'-ı mevzun

Bahs-i evvel der vücud-ı suhan

Ey hurde şinas-ı mana-yı pak
Gûş et ki ne der bu kilk-i çalak

Haricde olursa farz u ihsa
Tev'em gibidir mezahir esma

İhya vu imateden mukaddem   770
Muhyiydi yine Huda-yı ekrem

Amma ki biribirine lahık
Mahluk ile halk u nam-ı Halik

Esma heme dem edip tekabül
Devr-i feleğe gelir tahavvül

Zıddiyeti sanma zattandır
Asar bütun sıfattandır

Haşa abes ola nazm u tağyir
Var her sıfat-ı Huda'da tesir

Bî naks u fena kadimdir Hak   775
Bî lahn u sada kelimdir Hak

Makdura ki muktedir gerektir
Söylenmeye söyletir gerektir

Feyyaz-ı suhan cenab-ı Hak'tır
İnsan bu ataya müstehaktır

Bildinse kelim-i Lâ yezâli
Terkeyle dalal-i i'tizali

Evsaf-ı Huda'ya gayet olmaz
Feyz-i suhane nihayet olmaz

Tetkik-i nazarla eyle insaf   780
Ol feyzi tükettiler mi eslâf

Bîgaye vü bîkıyas u tahmin
Söylenmede nevbenev mezâmin

Sen kudret-i fehmi eyle peyda
Ben söyleyeyim sen eyle ısga

Ez cümle teceddüd-i havadis
Mazmun-ı neve değil mi bais

Bahs-i sânî der lüzum-ı suhan

Tutmuştu zaman-ı cahiliyet
Alemleri dava-yı fesahat

Pazar-ı Ukâz olurdu tanzim   785
Eş'arın ederdi halk takdim

Tig ile zeban ederdi dava
Hempâ idi irticale kavga

Vakta ki Huda-yı hayy-ı zîşan
Kuran'a cihana kıldı ihsan

İcaz ile cem olup fasahât
Verdi fusaha-yı kavme dehşet

Aciz kala ta o kavm-i gümrah
Teklif-i nazire etti Allah

El'an yine kaim ü be câdır   790
İcaz-ı kelam-ı hayy u kadir

Ger kalmasa şimdi fark u temyiz
Bîfaidedir o emr u taciz

Ger şiir ü fesahat olsa nâyab
Kuran'ın olur bu fazlı güm-yab

Ger kalmasa şair-i suhandân
Burhan-ı Huda bulurdu noksan

Taciz için etti gerçi memur
Bî kudret olur mu sarf-ı makdur

Burhan ile hasmım ettim ıskat   795
Kuran ile tab'ım ettim ispat

Bahs-i sâlis der umûm-ı lüzum

Serdar-ı e'imme-i efâhim
Kılmadı salâta nazmı lazım

İcazın umûmun etti tasvip
Manaya lüzumun etti tasvip

Bu bahsi beyanda dedi hatta
Avd ettiğidir eğerçi akvâ

Merd-i acemiye oldu tafviz
Kendi lugatiyle ede ta'riz

Her devrde bir iki suhansaz   800
Elbette eder beyan-ı icaz

Sarfetmeğile hayal-i safın
Arzeyler eda-yı itirafın

Der beyan-ı mâhiyet-i şairi

Şair deme ehl-i dil demektir
Hoşmeşreb ü mutedil demektir

Yoksa bir alay erâzil-i nas
Pesmandehor-ı neval-i vesvas

Peymanekeş-i eda olur mu
Vahy-i dile aşina olur mu

Şairliğe suz-ı dert lazım   805
Enduh u bela olur mülâzım

Ruy ü lebe etmeyip tenezzül
Açsın çemeni görülmedik gül

Her rahta eyleyip tekâpu
Şahin-i hayali ala ahu

Girdikte girive-i hayale
Çarpılmaya div-i kıylükale

Açılsa mebahis-i maârif
Kilki ola hasbihale vakıf

Derya-yı şaraba fikri dalsın   810
Onu göreyim ki gevher alsın

Gevher dediğim değildir ol söz
Kim bir yere gelmiş ola kaş göz

79

Manende-i mâkiyan-ı garra
Bir beyza hezar fahr u kavga

Ekser arabi yü nadir elfaz
Bilcümle gılaz u gılz u ağlaz

Bak bak ne güzel eda-yı şiirin
Gülbuse yanında la'l-i nüşin

Cemiyete kıl şu sözde dikkat   815
Gisu-yı siyah u şam-ı gurbet

Hançer burada zehi nezaket
Ebrusuna eylemiş işaret

Gerçi bu da haylice hünerdir
Amma ki suhan yine diğerdir

Bir şair-i rind-i pakmeşreb
Dedi bu sözü makama enseb

Hayîde edaya sunma kim el
Bir dahi demişler onu evvel

Çün şive-i naza mailiz biz   820
Bir taze edaya kailiz biz

Yoksa ne nezaket ü ne mazmun
Dava-yı fazilet ile meşhun

Nazm içre olur mu ilm ile laf
Ya söyleyeyim mi eyle insaf

Tetimme-i kelam

Bulmuş suhan-ı bülend-namı
Firdevsi vü Husrev ü Nizami

Ayin-i Nevayi'de Fuzuli
Bulmuş suhana reh-i vusuli

İstanbul'umuzda Nevizade   825
Etmiş tek ü pu veli piyade

Olsun mu Nizami'ye hemâhenk
Kuran'a uyar mı nağme-i çenk

Olmaz beli lutf-ı tab'-ı inkâr
Onun gibi dahi niceler var

Her birisine hezar tahsin
Hasidlerine hezar nefrîn

Ta key suhan ez suhan rübayim
Ma ber ser-i kıssa-i hod âyim

Miyancı keşten-i Suhan der miyan-ı îşan

Gördükte bu iki nev-belayı   830
Fehmetti meal-i macerayı

Gâh eyledi ruy-ı Hüsn'e dikkat
Gâh eyledi Aşk'a sarf-ı himmet

Manende-i sîb ikisi yekta
Suretleri surh u zerd sima

Bu hal ona geç-nümun göründü
Baziçe-i bazgûn göründü

Rahmeyleyip ol iki cüvane
Bu oldu miyancı-yı miyane

Bir vech ile eylemezdi baver   835
Kim Hüsn olurdu Aşk'a çaker

Mehtaptan ol olur mu ümit
Kim ola ketanı subh-ı cavid

Oldu reh-i fikreti muattal
Pervane için yanar mı meş'al

Asar-ı muhabbet aşikâre
Mevcude ne hacet istihare

Amma onu etmedi ki tahkik
Kimden kimedir bu suz u teşvik

Bu idi kabile içre adet   840
Kim ede cüvan nigâra rağbet

Öyle idi resmi ol diyarın
Hiç yoktu vukuu böyle kârın

İkisi de gerçi kim nazarbaz
Amma biri kebk ü biri şehbaz

Hüsn'ün dili zülfü gibi pâymal
Aşk eylemez ona hiç ikbal

Gördü ki Suhan bu iki bîdad
Bir başka yol eylemişler icad

Hüsn'e acıyıp himayet etti   845
Tenhaya çağırdı sohbet etti

Dedi ki benimle ol kafadar
Gel kılma bu kâr-ı sehli düşvar

Kim böyle kuruldu ta bu divan
Muhtac idi hüdhüde Süleyman

Tevfika refiki eyle peyrev
Şapur'u bul ol cihana Husrev

Yâr ile olur vusul-i dildar
Zanneyleme yâri yâre ağyar

Bu nükteyi rehrevan mukırdır   850
Hemrah ile rah ikisi birdir

Bu raha şitab eden dilâgâh
Hemrahı bulup bulundu hem rah

Tenharev olan olursa hurşid
Hun içre olur makamı cavid

Yâr ile olur vusul-i mahbub
Hem yârdir anladınsa matlub

Filvaki edip o pir himmet
Günden güne tazelendi ülfet

Naz ile niyaz olup mükerrer   855
Sohbetle olurdu şir ü şekker

Oldu heme dem be vefk-i dilhâh
Birbirine müşteri iki mah

Çok sürmedi neyleyim bu pazar
Çok gördü bu zevki çerh-i gaddar

Bilmem ki ne ruzgâr esti
Gül soldu hezâr savti kesti

Hitab-ı saki

Saki duracak zaman mıdır bu
Durmak nola imtihan mıdır bu

Saki kerem et şarap yağdır   860
Ebr ol veli la'l-i nab yağdır

Bu bey'u şüradır etme aveh
Ver gonca vu al hezar gülşen

Dağ-ı dıle bir şirare koy sen
Ver jale vü al hezar gülşen

Saki bir içim şarap yok mu
Kan ağlıyorum kebap yok mu

Saki getir ab-ı ergavanı
Yaktı beni ateş-i cüvanî

Gam hastasıyım esir-i hicran   865
Nabza göre şerbet eyle ihsan

Payende midir bu çerh-i bîdad
Devreyle direnge olma mutad

Çün ömr ediyor şitaba himmet
Bir iki eyağ eyle sebkat

Germeyle heva-yı iştiyakı
Şerheyleyeyim gam-ı firakı

Peyda şoden-i Hayret ve men'-i îşan ez musahabet

Mecnun-ı siyeh-libas-ı hırman
Yani kalem-i güsiste-saman

Leyla-yı hayale keşfedip raz   870
Bu gûne eder kelama âgaz

Kim vardı kabile içre bir mert
Hayret adı kendi şir-i bîderd

Hakimdi serâser ol diyara
Zabit geçinir bu iki yâre

Casus-ı kazadan oldu âgâh
Kim Hüsn ile Aşk'tır hevahâh

Gerdun gibi çevre kıldı himmet
Çekti ara yerde sedd-i firkat

Emreyledi kim bu iki serbaz   875
Bibirine olmasın nazarbaz

Emrine tehâlüf emr-i düşvar
Ayrıldı ol iki mah naçar

Seyret ki sipihr-i bîvefayı
Rahat komaz iki aşinayı

Cây oldu cemal-i Hüsn'e çader
Bir mah idi oldu ser be hâver

Hem hazret-i Aşk o mihr-i rahşan
Hunâb-ı şafakla oldu galtan

Hayal besten-i Hüsün

Hüsn öyle hayal eder ki guya   880
Tenha ede Hayret ile kavga

Yani ki çekip bir ah-ı can-sûz
Ol düşmene ola hanüman-sûz

Pend daden-i Suhan

Filhal gelip Suhan yetişti
Amma ki bozukdüzen yetişti

Hüsn'e nice nusha etti âgaz
Kim Hayret'e olma navekendaz

Ol merd ile düşmez inkisarın
Ayinesidir cemal-i yârin

Ah-ı dilin etme Zengi-yi mest   885
Ayine-i Aşk'ı etme eşkest

Burhanları serd edip tamamı
Bu oldu ki zübde-i kelamı

Yıkmak bu binayı nârevadır
Kim bir yüzü yârden yanadır

Sen name yaz eyleyim ben isal
Bir dem dahi böyle hoş geçir hal

Hayret'le savaşma geç geçenden
Hoşnut ola ta ki Aşk senden

Nâçar kalıp heman o afet   890
Mektup ile eyledi kanaat

Söz çoktu eğerçi hâmesinden
Kan ağlayayazdı namesinden

Ol nusha çü imtisal kıldı
Bu tarz ile arz-ı hal kıldı

Name nuvişten-i Hüsün bâ Aşk

Sername-i name nam-ı Yezdan
Kayyum u kadim ü hayy ü rahman

Yerden göğü eyleyen serefraz
Gözden yere rahmet eden ifraz

Viran eden arzu sarayın   895
Eşkeste eden ümit payın

Kâm-âver eden hevesgeranı
Nam-âver eden suhanveranı

Nik ü bedi yoktan eden icad
Mansube-güşa-yı rind ü zühhad

Îsar ola ba'dezin tahiyet
Ol zata k'oder şefi'-i ümmet

Ashab-ı güzin ü âl ü evlat
Ber cümle işan salamha bâd

Bu name o yâr-i cana gitsin   900
Bir ahtır asmana gitsin

Gerçi gam-ı dil beyan olunmaz
Ateş gibidir nihan olunmaz

Bu name ki bir fakirdendir
Gönlü gibi kâğıdı şikendir

Bir zalimedir ki padişehtir
Namem nazarında hâk-i rehtir

Ey bendesine enis olan şah
Şimdi ne sebepten ettin ikrah

Manzurın olan şikeste bendim   905
Şimdi kime bestesin efendim

Gerçi bilirim cüda değilsin
Ol rütbe de bîvefa değilsin

Hep bildiğimi tüketti hicran
Bimar olan eylemez mi hezyan

Bir dahiyedir ki düştü nâgâh
Encamını vuslat ede Allah

Düştümse niyaza nazeninim
Elden ne gelir kafes-nişinim

Zen her ne kadar ki tigzendir   910
Saz-ı emeli bozukdüzendir

Ol dem ki seninle hemnefestim
Sermest-i piyale-i hevestim

Malum idi kim ne gûnedir hal
Ger merd isen etme sen de ihmal

Ol hal güm oldu bîmecalim
Avare idim şikeste-balim

89

Bu şehre gam-ı firak geldi
Vuslat gidip iştiyak gcldi

Hayret bana vasla oldu mani   915
Bir nameye sen de ola kani

Makbul tutar mı şer'-i himmet
Naçar işin ede ehl-i kudret

Farzeyleyelim ki hâksarım
Yok şüphe ki hak-i pay-i yârim

Hurşid ki şah-ı asmandır
Ger zerreyi saymaya yamandır

Ey halime rahmi olmayan yâr
Fikreyle ki ruz-ı ahiret var

Yıllarca gül-i baharın oldum   920
Ahir ki hazan erişti soldum

Ettim sana can ü serle rağbet
Hem kudretim olduğunca hizmet

El'an ki halim oldu müşkil
Terketme bu zârı merhamet kıl

Benden sana gayri olmaz ikbal
Vasl ü ecelimden etme ihmal

Ya vasl ile senden alırım kâm
Ya merk ile zinde eylerim nam

Hayret beni kıldı zâr u muztar   925
Gayret sana düştü ey dilaver

Ger var ise bana sende rağbet
Var ah u figana eyle adet

Elbette kabile gûş ederler
Vasl ile seni hamuş ederler

Azürde isen bu maceradan
Cevreyleme havf kıl Huda'dan

Ben eylemedım bu derdi icad
Senden bana oldu bunca bîdad

Ey ahterimi siyah eden mah   930
Vehmeyle ki müntakimdir Allah

Bir afete sen de dûş olursun
Ahım gibi şule-pûş olursun

Hasrette koma bu hâksarı
Bir sözle teselli eyle bari

Şükreyle Huda'ya ey semen-ten
Ya sen ben olaydın ah ben sen

Rüsvaylığım edersen ikrah
Göster bana doğrusun nedir rah

Aşıkta haya karar eder mi   935
Miktarını şey güzar eder mi

Sende bilirim bu dert yoktur
Çerhin veli ruzgârı çoktur

Malum değil vera-yı perde
Çok bilmeyen uğradı bu derde

Belli ki kabile içre adet
Senden banadır hemişe rağbet

Er kim ede namzedden ikrah
Duhter kalır evde hâhnâhâh

Hiç ah u enini çare vermez   940
Tufan-ı gamı kenare vermez

Benden gam u dert ü süz ü takrir
Senden biter iş sen eyle tedbir

Söz erdi hitama işte ey mah
Hayr ede neticesini Allah

Âverden-i Suhan namerâ ber Aşk

Ol dem ki kelam erip hitama
Dest-i Suhan'a verildi name

Aldı Suhan azm-i rah kıldı
Hüdhüd gibi kasd-ı şah kıldı

Buldu gelip Aşk'ı lâl ü hamuş   945
Ayin-i kadimi üzre medhuş

Ne duzah-ı gam ne zevk-ı didar
Guya ki ne yâr var ne ağyar

Dedi ki Suhan yeter bu ahval
Bu nameyi aç da gör nedir fal

Hem bak ki cenab-ı Hüsn-i yekta
Senden nice eyelemiş teberra

Bin yeis ile eyleyip şikâyet
Firkat sözün eylemiş hikâyet

Aşk ol sözü gûş edip ayıldı   950
Tekrar düşüp yine bayıldı

Bir nice zaman geçip özünden
Geldi söze kan gelip gözünden

Sordu ki ne gûne namedir ol
Göster ne siyah camedir ol

Çün aldı nigâh edip serâpâ
Fehmetti nedir meal-i dava

Ol an alıp eline hâme
Yazdı o da bir cevap-name

Suret-i name-i Aşk

Sername-i nam nam-ı Sübbuh   955
Peyda-kün-i akl u halik-i ruh

Mamur eden alem-i belayı
Mehcur eden iki aşinayı

Hüsn'ü eden aftab-ı rahşan
Aşk'ı eden ateş içre biryan

Me'yusa veren ümid-i vuslat
Me'nus eden esir-i hasret

Nice salavat ola Resul'e
Şahenşah-ı azam-ı Betul'e

Hem nice selam ola havale   960
Evlad-ı kiram u cümle âle

Bu name ki bir siyeh şererdir
Hâkister-i şule-i ciğerdir

Bir cennetedir ki rehgüzarı
Duzahtir onun gül ü baharı

Söz gerçi ki hal-i zindegândır
Geh mürdeyi söyletir cihandir

Ey bendesin öldürücü hunkâr
Tedbir nedir elimde neyim var

Namen dil-i zâra vasıl oldu   965
Ok değdi vü yâre hasıl oldu

Bilmem ne füsundu ol fesane
Duzah haberin getirdi cana

Duzah dediğim ne cana minnet
Bir söz var içinde adı firkat

Bir nice zaman ki lâl idim ben
Ol havf ile pür melâl idim ben

Sandın beni görmeyip uyanık
Maşuk benim de sensin aşık

Ben ise bu vakti eyleyip yâd   970
Hayranlığı dil ederdi mutad

Bir çaresizim nedir bu cebrin
Billah ne tiz tükendi sabrın

Ey kendiyi bende addeden şah
Yusuf'tur olan fütade-i çah

Hun sanma görüp elinde hına
Bîbehredir aşktan Züleyha

Ey gül deme pare pare hunum
Zannetme ki bülbül-i zebunum

Gülgûnedir olsa hun değildir   975
Bülbül sözü gül-füsun değildir

Zannetme ki gam harabı sensin
Ruşen günün aftabı sensin

Şûride benim ki bin gamım var
Her gamda yine bir alemım var

Gördün bu tahammül içre halim
Var sandın ola ferağ-ı bâlim

Bülbülde görüp figanı heyhat
Pervaneye töhmet ettin ispat

Bu yolda eğerçi kâr çoktur   980
Derya-yı gama kenar yoktur

Amma buna hükmeder ki yâran
Pinhan gerek ola dert pinhan

Çün istedin ola aşikâre
Âsan görünür figana çare

Kavga-yı muhabbet ise maksud
İşte felek işte ah-ı pür dud

Minba'd men ü sanemperesti
Heyhat heyhat zühd ü mesti

Çün sen diyesin ki eyle efgan   985
Tufanı sayar mı çeşm-i giryan

Tedbirime çünkü rağbetin var
Minba'd figandan olma bizar

Gam defterinin residi yoktu
Senden bana kâm ümidi yoktu

Ol daiye ber taraftı evvel
Şimdi bana çıktı iş muhassal

Ferman senin husuli senden
Can verme benim kabuli senden

Seyret nic'olur figan ü zârı   990
Dava ne şekil verir kararı

Bed-ahdlık umazam özümden
Ger haşr ola dönmezim sözümden

Tedbir budur ki ederim ben
Ey gözleri hasta hoşdil ol sen

Sadat-ı kabile în ü ândır
Çeksinler eli ki baş u candır

Bu yolda kim ola sedd-i rahım
Can zâd-ı rehim Huda guvahım

Sabreyle biraz sen etme efgan   995
Neyler bakalım Huda-yı zî şan

Bu namemi sakla hırz-ı can et
Ol ahd ki eyledin aman et

Sıfat-ı İsmet ki daye-i Hüsün bûd

Çün oldu cemal-ı Aşk'tan dur
Hüsn oldu o fikretiyle rencur

Etmişti o şem'i zib-i zanu
İsmet diyerek bir ateşin-hu

Perverde-i şir edip mukaddem
Vermiş o güle arakla şebnem

Kılmış onu mevsim-i sabada 1000
Cubar-ı hayadan ab-dade

Tenhada figanın eyleyip gûş
Duydu gam-ı Hüsn'ü oldu bihuş

Çün perdeden aştı saz-ı firkat
Gûş etti usulü ile İsmet

Hisseyledi kim o mahpare
Bir mihre diler ola sitare

Bilmez ki nedir ne gûne derdi
Hangi gül içindir ah-ı serdi

Her gece bakıp o dilnüvaza 1005
Gönlünde yakardı dağ-ı taze

Ol dağ yakınca hasret ile
Bu zülfün ederdi hep fetile

Ah eyleyecek o serv-kamet
Başına kopar bunun kıyamet

Ol eşkin edince seyl-i derya
Biçare olurdu ser be sahra

Hüsn etmede idi dembedem ah
Bir Aşk bilirdi bir de Allah

İsmet buna sordu suz-ı derdi 1010
Gûş etti cevap ah-ı serdi

Hüsn eyledi macerayı takrir
Ruyasını böyle etti tabir

Bir çaresi yok belaya düştüm
Yek başıma Kerbala'ya düştüm

Can oldu güher-furuş-ı hasret
Çeşm oldu piyale-nûş-ı hasret

Ayine-i dil harap kaldı
Mehtap güm oldu tâb kaldı

Bir bahrdeyim ki yok kenarı 1015
Bir cengdeyim ki yok hisarı

Oldu dile baht-ı şûm düşmen
Viraneyi gör ki bûm-düşmen

Şeb kıldı nihan cemal-i yâri
Ayineye düştü sügvari

Bozdu felek intizam-ı ayşım
Dağ-ı dile döndü cam-ı ayşım

Bir berk gelip harap kıldı
Kâh-ı tarabım varıp yıkıldı

Ben kaldım esir-i derd-i hicran 1020
Ağyar ile yâr can ü canan

99

Hayretle dehan-ı gonca ebkem
Düştü gül-i şule üzre şebnem

Men bîkes ü kâr kâr-ı düşvar
Allah ganî rahîm ü settâr

Kıldı beni tâb-ı zülfü şeyda
Başım yazısıymış oldu peyda

Men hasta-i hecr ü yâr bîderd
Müşkil bu ki gam-güsar bîderd

Feryada bile mesağ yoktur   1025
Gerçi gam-ı intizar çoktur

Ah etsem olur neheng-i ateş
Ahır bana kesdeder o serkeş

Çeşmim nem-i eşk-i gonca oldu
Peymane-i intizar doldu

Men zevrak-ı derd içinde naçar
Sahilde figanda yaver ü yâr

Yok kimseye zerre ihtiyacım
Makdur-ı dava değil ilacım

Şehrahıma çıktı gul-i hasret   1030
Döndü geri gitti akl u hikmet

Kaldım yalnız başımda sevda
Kımden kime edem ah şekva

Tîh-i gama düştüm ah feryad
Yok kimse ki zulmu edem isnad

En yakını semt-i ihtidada
Kendim güm olaydım ol arada

Kaybolma çare bulsa bu dil
Şehrah-ı necat olurdu hasıl

Bulsaydı yolun gelirdi tahkik   1035
Var ise güm oldu Hızr-ı tevfik

Düşmenler elinde hastalandım
Peymane idim şikestelendim

Gülzâr-ı cemalim oldu tarac
Oldum yine bir bahara muhtac

Soktu beni zülf ü kâkülüm hep
Kabrimde azaba geldi akrep

Dem çekmede sanki medd-i ahım
Yuttu beni ejder-i nigâhım

Kaddım ki denirdi nahl-i yakut   1040
Oldu bana şimdi nahl-i tabut

Çeşmim gibi la'lim oldu bimar
Zehr-i ecel oldu nûş-ı güftar

Yaktı beni ateş-i izârım
Hun oldu gözümde nevbaharım

Diktim gözü rah-ı intizara
Peri müjedir o çeşmesâra

Açılmadı gonca-i niyazım
Bülbül gibi uçtu hab-ı nazım

Bir hayrete düşmüşüm ki guya   1045
Alem dolu hun u zehr ü kavga

Bir berkin içindeyim ki medhuş
Duzah nazarımda tıfl-ı aguş

Canımda sürura var adavet
Şad ol desen eylerim kasavet

Ateş nazarımda mihr-i rahşan
Cennet gözüme diken mugaylan

Olmuştu ol aftab pür tab
Bu kulzüm-i ıztıraba gark-ab

Cûş âver edip yem-i telaşın   1050
Derya derya dökerdi yaşın

Geh eşk gibi zemine girdi
Geh ahveş asmana erdi

Kim hasta-i Aşk'a sorma derdin
Depretme o bîkesin neberdin

Geldi başıma bu bir kazadır
Allah bilir ne maceradır

Bîderde olur mu dert takrir
Ez cümle ola vera-yı tabir

Pervaneye sorma hâhişinden   1055
Sevdasını anla suzişinden

Bilsem ki nedir bu suz u kavga
Etmezdim esas-ı sabrı yağma

Ol ateş-i gam ki düştü cana
Lutfeyle ki düşmesin zebana

Çerh etti beni esir-i hicran
Bu teşneyi kıldı sîr-i hicran

Tenha eder iken ah u feryad
Gûş eyleyip etme sen de bîdad

Yazık sana kim tebah olursun   1060
Azürde-i tîr-i ah olursun

Sen dinlemek ile medd-i ahı
Rüsvalığın göründü rahı

Şimden geri şöhre-i diyarım
Günden güne gamla bîkararım

Ateşgeh-i sînem oldu berbat
Yandım bu hevada işte feryad

Gam kabesinin budur havası
Efgandır o mabedin duası

Ümidi tabibden sikamdır   1065
Matlabları izdiyad-ı gamdır

Her kim ki bu raha etti rağbet
Rehzendir o rehreve selamet

Hemrehliğim eyle etme ikrah
Rüsvaylığa bilirmisin rah

Çün yârdan oldu yâr mehcur
Rusvay ola hâh hâh mestur

Canan ki feda ede bu canı
Yetmez mi bela-yı zindegânî

Âgâh geşten-i İsmet ez perişanî-yi Hüsün

İsmet işitince bu cevabı   1070
Efkârını aştı ıztırabı

Söylettiğine olup peşimen
Gûş u lebe urdu muşt-ı husran

Dedi ki ne derde düştüm eyvah
Kendim aradım da oldum âgâh

Yaktım bu şererle hanümanı
Ey kaş işitmeseydim onu

Kûr u ker olaydı çeşm ü gûşum
Zehr olmaz idi bu ayş u nûşum

Şimdi bu bela ki çare müşkil   1075
Bimar zaif ü dert katil

Besbelli ki derd-i Aşk'tır bu
Bir rahneverd-i Aşk'tır bu

Mahbub deyince oldu hamuş
Aşk adını eylemiş feramuş

Bir nesne mi var ki ola müphem
Aşk olmasa hiç olur mu bu gam

Lakin buna tesliyet gerektir
Bu goncaya terbiyet gerektir

Aklınca olup fesane-perdaz   1080
Sername-i nusha etti âgaz

Münazara-i İsmet ba Hüsün

Dedi ki eya gül-i muradım
Nevreste-i gülşen-i fuadım

Her derd ki var devası vardır
Her hasta ki var şifası vardır

Efsane-i yeise olma mutad
Düştünse de Aşk'a etme feryad

Gayat hazer et ki ey gül-endam
Bu nutkunu duymasın leb ü kâm

Efganını eyleme ziyade   1085
Namus u hayayı verme bade

Bir harf ki lebden ede pervaz
Bin gûşta olmaz aşiyan-saz

Ol sırrı ki hoşça tutmadın sen
Bir sînede eylemez nişimen

Sır şahtır ona ihtimam et
Koyma ev içinden ihtiram et

Kim sonra sipah olup haberdar
Hem sen hem evin olur nigunsâr

Söz tut kerem ü inayet eyle   1090
Esrarı deme himayet eyle

Her renge boyan da renk verme
Mir'at-ı safaya jeng verme

Sözdür dil ü cana berk-ı harman
Ayrılmasın ol şiraresinden

Hem kendi nişan olur havaya
Hem düştüğün yer gider hebaya

Harf attığıçün keman cihanda
Hamyazeden olamaz amanda

Esrarını halka faş edersin   1095
Havfim bu ki sen telaş edersin

Pâsuh daden-i Hüsün bâ İsmet

Hüsn ol sözü gûş edip üzüldü
Zehr ağladı acı acı güldü

Dedi ki acep yola gidersin
Seylaba karar hükmedersin

Mümkün mü ki Aşk'ı edem inkâr
Sen anladığın değil bu esrar

Bilmezsin ilac bari sorma
Bimarı tekerlemeyle yorma

Sandım ki kelam-ı Aşk söyler   1100
Ben zâra peyam-ı Aşk söyler

Sen hod bırakıp o bahsi derkâr
Mir'at dedin gehi geh esrar

Teng oldu derim başıma gerdun
Şimdi ne gerek hum-ı Felatun

Namus ne şey hayâ ne sözdür
Pervaneye mumya ne sözdür

Ben ateşe eylerim tekâpu
Dersin ki yol üzre var korku

Geh şah u sipaha ettin ahenk   1105
Geh verme dedin safaya hiç jeng

Ben şarhoşu oldum ne meydir
Sen nehy buyurduğun ne şeydir

Lazımsa eğer sana fesane
Sen dinle ben eyleyim terane

Derya gibi birden eyleyip cûş
Ey Aşk dedi vu oldu hamuş

Bahane-i diğer endihten-i İsmet

Halin görüp İsmet-i yegâne
Buldu yine başka bir bahane

Dedi ki cenab-ı Aşk-ı yekta   1110
Bir merttir ol ki bîmuhaba

Mektepte seninle hem-sabaktır
Bu sözde kabile yeknasaktır

Elbette sen ona namzedsin
Kâm-âver-i vuslat-i ebedsin

Gelmez ona da bu kâr mahbub
Sen talib olup ol ola matlub

Bir kere bu söz olursa meşhur
Rüsvaylığı tutar mı mazur

Hâhişger isen de bî zeban ol   1115
Kızsın kerem eyle sen geran ol

Havfım ki duyarsa hazret-i Aşk
Eyler seni tig-i gayrete meşk

Çizi diğer endişiden-i Hüsün

Hüsn etti bu nutka zihnini sarf
Çün Aşk demişti harf ber harf

Dedi ki ölüm ne candır ey can
Fevtolmasa ger rıza-yı canan

Ben havfederim melûl olur yâr
Sen havfdasın ki eyler azar

Olmuştu bu hastahal medhûş   1120
Bu hücneti eylemiş feramuş

Sen bilmiyerekten ettin âgâh
Sen ah dedin ben anladim mah

Dil-teng olayım u mühr ber leb
Darılmaya tek o gonca-meşrep

Kan yutayım etmeyim onu faş
İl yâreme olmasın nemek-pâş

Yansın gamına bu can-ı bîbâk
Tek gamzesi olmasın zehir-nak

Minba'd olayım sükuta mutad   1125
Ölsem dahi namın etmeyim yâd

Hey bu ne sitemdir Allah Allah
Hem ateşe yan hem etme eyvah

Besten-i İsmet rah-ı figan-râ

İsmet dedi yok bu kâre çare
İnsaf vere Huda o yâre

İğzab oluyor figandan ol mah
Çeşmi kararır ger eylesen ah

Der kim o figan bana gerektir
Mahbuba hemin vefa gerektir

Sükun yaften-i Hüsün

Gûş etti bu kavli hâhnâhâh   1130
Nazeyleme kastın etti ol mah

Kanun gibi câyı oldu köşe
Surette çekildi ayş u nûşa

Âgâhî daden-i Suhan ber Aşk

Bu mebhası etmek için iz'ân
Olmuştu Suhan da onda pinhan

Gûş etti tamam macerayı
Dinlerdi meğer bu müddeayı

Çün oldu Suhan bu sırra vakıf
Etti gelip Aşk'ı dahi arif

Kim Hüsn seninçün oldu dilsuz   1135
İnsaf kıl imdi ey dil-efruz

Layık mı ki Hüsn edip figanı
Sen kılmayasın feda bu canı

Billah bu mu resm-i aşk-bazî
Dildar ede şive-i niyazı

Şimden geri hâhişin ziyad et
Enduh-ı firaka itiyad et

Bergeşten-i kâr ve mecnun
şoden-i Aşk der heva-yı Hüsün

Geldik bu tarafta Aşk-ı nâkâm
Ol şir-nihad u hasta-endam

Tenha yakıp ah-ı sînesuzun   1140
Birkaç gece hoş geçirdi ruzun

Kâfurunu sakınıp şererden
Nur aldı fetile-i şeherden

Yani ki hayal-i ruy-ı canan
Eylerdi şebi sabaha mihman

Efkâr-ı gam eylese teselsül
Gisûsun ederdi hep tahayyül

Kıldıkça şarap şevki sarhoş
La'l-i nemekin ederdi hamuş

Oldukça muhit-i gamda gümnam 1145
Hüsn adın anıp bulurdu ârâm

Etmişti firib-i va'd-i kümun
Bağı emelin riyaz-ı limon

Elhasıl olurdu Aşk-ı çalak
Ümid-i visal ile ferahnak

Vakta ki duyuldu kâr-ı firkat
Gönlünde kırıldı hâr-ı firkat

Ol cism-i latif-i nur-peyker
Göz merdümi gibi oldu lağar

Bilmezdi ki çerh-i kâr-nâsaz 1150
Firkatte vere karar nâsaz

Vuslat günü hoş hoş eyleyip ayş
Akşamına eylemezdi der piş

Dildarını kendiye görüp yâr
Sanurdı ki çerh için beka var

Değmez mi meğer değil mi layık
Zevk-i dü cihana naz-ı aşık

Maşuk niyazı kılsa adet
Duzahta var aşıka saadet

Ol devleti hazm olur mu mümkün   1155
Bir anı değer cihan mülkün

Firkat bunun üstüne beladır
Az aşık o derde mübteladır

Düşmez olur olmaz aşk-baza
Kim döndüre nazını niyaza

Kim uğradı bu gam-ı elime
Firdevsten atılıp cahime

Yâr olmuş idi buna hevesnak
Biçareye ejder oldu tiryak

Sayyad ki bin füsun okurdu   1160
Bin Tebbet-i vajgûn okurdu

Çün ahuyu eyledi giriftar
Bî gaile çekti tig-i azar

Gam şerhi hulasa mücmel olmaz
Tafsil olunup muhassal olmaz

Gelsin mi o ahlar beyana
Bir nizesi sığmaz asmana

Dert alemidir dil-i şerernak
Almaz o nücumu zic-i eflak

113

Söz kanda bu kulzüm-i beladan　　　　　1165
Eflak yanar bu maceradan

Çün Aşk Hüsün'den oldu meyus
Feryadı kopardı dest-i efsus

Bin gevher-i eşk ile edip yas
Zahm-ı ciğere ekerdi elmas

Söz söyleyemezdi hayretinden
Hamuş olamazdı dehşetinden

Almıştı dilin bela-yı canan
Çeşminde ne duzah u ne tufan

Gönlü kırığın döküp gözünden　　　　　1170
Ateş dökülürdü her sözünden

Verdikte nefes yem-i belaya
Sığmazdı hababveş semaya

Duzahta edince ah-ı serdi
Reşkâver-i zemherir ederdi

Hasretle edince girye vü ah
Eylerdi Temmuz-ı germi Dey mah

Geh söylenip aftaba karşı
Ateş kor idi hababa karşı

Geh encüme eyleyip nigâhı　　　　　　1175
Ol kişti yakardı berk-ı ahı

Mecnun gibi deşti etmeyip câ
Her şehre ki baktı oldu sahra

Ol rütbede döktü eşk-i pür tab
Kim oldu cihan serap ü girdap

Zaf ile çü rişte-i sirare
Rah-ı 'adem açti her diyara

Çün peşşe olup zaif ü nâkâm
Nümrud-ı sipihri etti sersem

Bir rütbe zaif idi ki ol mah   1180
Gâhice olurdu aha hemrah

Amma ki kemal-i heybetinden
Arş titrer idi mehabetinden

Tek Hüsn için Aşk ah kılsın
Dünya yıkılırsa ha yıkılsın

Bir sîne ki gamdan ola derhem
Gönlünde midir harab-ı alem

Hoştur yıkılırsa çerh-i aşub
Hoşnut ola tek cenab-ı mahbub

Çıkmıştı aradan Aşk-ı çalak   1185
Ger yansa ne var zemin ü eflak

Çün bulmaya anda kimse rahat
Fülk-i feleğe gerek felaket

115

Gahice ki gamdan ola berbat
Eylerdi bu tard u rekbi inşat

Tardiye

Bir şaha esir oldu kim dil
Her bendesi kahraman-ı katil
Gamzeyle suhanda la'li yekdil
Bigâne nigâhı kana mail　　　　　　　1190
Tîr-i gamı cana aşinadır

Divan-ı kazası zülm-bünyad
Lerzende-i bîm-i canı cellat
Her guşede bang-i dad-ı bîdad
Kavga-yı kıyamet ah u feryad
Mahşer mi yahut bu Kerbela'dır

La'l-i lebi ömr-i Nuh-ı mana
Çeşminde nühüfte ruh-ı mana
Hep döktüğü kan sabuh-ı mana
Feyz-i suhanı fütuh-ı mana
Her nutku hayattır bekadır　　　　　　1195

Zülfün dağıtıp ederse talan
Küfre sığınır sipah-ı iman
Bu havf ile kâkülü perişan
Davasına tig-i katli burhan
Veh bu ne acip müddeadır

116

Biçare gönül gamıyla yansın
Tek ol püt-i ateşin inansın
Hunabe-i hecre can boyansın
Mahmur gözü şaraba kansın
Her kahrına bin kerem fedadır 1200

Galip gibi sad hezar meftun
Sahra-yı muhabbetinde Mecnun
Olmaz yine kimse zâr u dilhun
Her cevrine ehl-i dert memnun
Amma ki ne çare bîvefadır

Der sıfat-ı Gayret

Var idi yanında bir belakeş
Gayret adı her peyamı ateş

Lalası idi o bîmecalin
Ebruydu o gevher-i hayalin

Etmişti o şem'-i sînesuzu 1205
Bezm-i elemin harem-füruzu

Çün tıfl-ı şerer o dilfigârı
Beslerdi ki yaka her diyarı

Çün merdüm-i çeşm-i ehl-i sevda
Her dem kara giydirirdi ona

Yıldan yıla tuhm-ı lale-âsâ
Saklardı ki dağın ede peyda

Çok eyledi pembelerde pinhan
Ta dağveş ola dopdolu kan

Çün tıfl-ı sirişk o dil-nüvazı   1210
Gerd-i gamın etti hâk-bazî

Ta kim büyüdükte ola ol mah
Çün seng-i mezar ruy ber rah

Cedel kerden-i Gayret bâ Aşk

Çün Aşk'ta gördü derd-i hasret
Fırsat bulup ona sordu Gayret

K'ey gonce-i şulezâr-ı duzah
N'oldu ki edersin öyle aveh

Bais ne bu rütbe ah-ı serde
Noksan mı erişti yoksa derde

Derdin ne sakın deva mı buldun   1215
Bu nale nedir şifa mı buldun

Ger derd için eyledinse feryad
Efsus bana hezar bîdad

Çün mühmeli mert geldi derdin
Dert olmalıdır şiarı merdin

Pâsuh daden-i Aşk

Aşk acı acı bakıp o merde
Zehr ekti nigehle dağ-ı derde

Dedi buna bâhaber misin sen
Hüsn adını gûş edermisin sen

Var git ki sözüm sana değildir   1220
Sus sus bu o macera değildir

Yârâna yetişmeye kıl ikdam
Dön kim geri kaldı sabr u ârâm

Ahımla bu ruzgâr dolsun
Sen git de ne olmalıysa olsun

Dilşadlığım zaman nic'oldun
Söz söyleyecek zaman mı buldun

Ben bunda yoğum gel etme ârâm
Kim bahsedip ede şimdi ilzam

Pâsuh daden-i Gayret

Gayret dedi kim bu yârlıkttır   1225
Maksat sana gam-güsarlıktır

Haşa sana ta'n'ola bu güftar
Dildar-ı kadime etme azar

Lakin gam u ah çare vermez
Bu kulzüm-i hun kenare vermez

Terkeyle bu rütbe huy u hayı
Boş boşuna kuh-veş sadayı

Bir zahm ile kendin eyleme gayb
Feryadı bırak ki aybdır ayb

Yoksa bunu sen kolay mı sandın   1230
Gam leşkerini alay mı sandın

Pâsuh daden-i Aşk

Aşk ona bakıp dedi nedir rey
Ya Rab ne belaya uğradık vay

Söz anlamadan mı kaldı Gayret
Ya bana mı ârız oldu lüknet

Lazım mı her ah hasret olmak
Her girye heman şikâyet olmak

Mazur tut ey rafik mazur
Memurdur Aşk aha memur

Pâsuh daden-i Gayret

Gayret dedi ahlar güzeldir   1235
Amma ki ne sud bî mahaldır

Bu deştlerin verası yoktur
Hüsn'ün de buna rızası yoktur

Pasuh daden-i Aşk

Aşk ona dedi ki bî hıredsin
Dermande-i fehm-i nik ü bedsin

Hüsn olmasa ger bu aha hoşnut
Bir anda olurdu çerh nâbud

Sen ahı buhar-ı ser mi sandın
Feryadımı bî eser mi sandın

Yâr uykusuna fesanedir hep   1240
Bezminde onun teranedir hep

Leyla'ya gülünç olur muhassal
Nevmidi-yi Kays u sa'y-ı Nevfel

Bahane-i diğer endihten-i Gayret

Gayret cekip ah-ı sînesûzu
Deycura mübeddel etti ruzu

Dedi ki hezar barekallah
Âgâh imiş Aşk oldum âgâh

Amma sana bir heva gerektir
Maşukunu iddia gerektir

121

Var işte kabile içre yarın 1245
Şehbazsın al heman şikârın

Efganı ko eyle azm-i dildar
Bin reye olur netice bir kâr

Ben dahi seninle hem-süvarım
Kuhsar-ı belada yar-i garım

Ol şart ile kim sen eyle himmet
Ta küşte-i kahrın ola İsmet

Ya bana ver ol hususa destur
Ta İsmet'i kahrım ede makhur

Tut bu sözümü ki hayrdır hayr 1250
Gayret ara yerde istemez gayr

İsmet sebep oldu oldu Hayret
Yekdillere rehnüma-yı firkat

Bu vakaya sen de aşinasın
Bilmem ne hayale mübtelasın

Çak olmıyacak sedef ne kabil
Olmak güher-i murat hasıl

Azürden-i Aşk

Aşk ağlayarak dedi ki hamuş
Bir yol Suhan'ın sözünü kıl gûş

Hiç tîr atılır mı yâre doğru   1255
Doğrulma sen ol diyara doğru

Ger var ise sende bir mürüvvet
Hemrahım ol eyle bana hizmet

Ne havf-i ser ü ne fikr-i can et
Pazarıma uy da bir ziyan et

Divaneye rah olur mu tarif
En puhtesidir bu hâm teklif

Hiç tige olur mu arz-ı didar
Ayine midir ya her güher-dar

Gel yanıma elverirse böyle   1260
Yoksa iyi gördüğünü söyle

Gelmiş bana şart u ahd söyler
Zen gibi neva-yı mehd söyler

Ger şöyle olursa böyle olsun
Ya böyle olursa şöyle olsun

Bir medrese bahsi eyleyip derc
İster bana ede cümlesin harç

İltizam kerden-i Gayret hizmet-i Aşk-râ

Gayret dedi ahdım olsun ey yâr
Bîser olayım sana kafadar

Bir dahi dehanım etmeyim baz   1265
Kalsın bu kafeste tuti-yi raz

Ger çerh muvafakat ederse
Başım vereyim kılın giderse

Sanma reh-i rahata giderdim
Ben şevkını imtihan ederdim

Yançizdi sanıp bu pür melâli
Güftarıma etme infiali

Böyle kılıç atlayınca Gayret
Aşk eyledi kaş ile işaret

Gel yanıma olalım revane   1270
Geçti geçen eyleme bahane

Bu niyete Fatiha deyip Aşk
Âgaz-ı visali kıldı ser-meşk

Talip şoden-i Aşk Hüsün-râ ez kabile

Gayret'le cenab-ı Aşk-ı çalak
Maksuda ki oldular hevesnak

Molla-yı Cünun verdi fetva
Kim Hüsn için oldu farz kavga

Kasdetti ki ola Aşk-ı gamhar
Ahval-i kabileden haberdar

Her biri arardı vasla çare   1275
Aşık geçinirdi ol nigâre

Bu resme gerek bela-yı düşvar
Yek başına Aşk alem ağyar

Cem eylediler kabileyi hep
Aşk eyledi onda arz-ı matlab

Kim gevher-i Hüsn'e talibim ben
Kavga-yı talepte galibim ben

Ol dür ise dil ona sedeftir
Canan ile can halef seleftir

Ger Hüsn ise aftab-ı ruşen   1280
Gerdunu o nurun olmuşum ben

Davaya eğer düşerse tedbir
İşte kalem işte tig ü şemşir

Her hasmı ki tigim etti berbat
Mersiyesini ben ettim inşat

İstihza-yı kabile ki zihî genc-i bî renc

Sadat-ı kabile-i muhabbet
Birbirine ettiler işaret

Kim yaveye başlamış bu bîdil
Mecnuna nedir deva-yı âkıl

Her biri takıldı hasb-i tâka 1285
Biçarcyi aldılar mezaka

Kimi dedi tigin eyleme tîz
Afyona be gayet eyle perhiz

Kimi dedi etme şiire rağbet
Zira ki verir hayale kuvvet

Kimi dedi tahtınız mübarek
Şahım ola bahtınız mübarek

Kimi dedi hayli turfa meczup 1290
Eğlenme değil mi yoksa matlub

Kimi dedi işte derd-i humma
Fasd eylemeyince böyledir ha

Kimi dedi var elinde şemşir
Mecnunun olur devası zencir

Kimi dedi söylenir ya zahir
Zira telefoldu malı vafir

Her baptan açılıp kapılar
Güftara boşandı yavegûlar

Serrişte bulup bir iki miksar 1295
Ders-i galatatı etti tekrar

Baş ağırtırım eğerçi ahbap
Zükkâma nefilidir bu gülâb

Bir vakt-i zaman hamama gittim
Bilmem ki ne eyledim ne ettim

Hamam dediniz de geldi yâde
Bir madiye cümleden ziyade

Evvel onu edeyim hikâyet
Bir şehyten eyledim inabet

Ger söylediği hep olsa i'lam   1300
Yetmez bu risalemiz son encam

Vel hasıl o merdek-i çependaz
Bin halt-ı kelama etti âgaz

Serd etti hadis-i zûşücunu
Nakleyledi muceb-i cününu

Kaldı ara yerde Aşk u Gayret
Zevklendi bütün Beni Muhabbet

Mebhut kalıp o merd-i çalak
Arzeyledi Hüsn'e sîne-i çak

Hüsn öylece verdi kim peyamın   1305
Gûş eyle kabilenin kelamın

Onlar ne ki rey ederse izhar
Reyim benim oldur olma bizar

Tazarru' kerden-i Aşk bâ kabile

Naçar kalıp o merd-i hayran
A'dalara oldu abd-i ferman

Sordu sebebi nedir bu bîdad
Kim etti kabile onu icat

Mucib ne ki suhre oldu halim
Hamloldu fazahate makalim

Nush etmenize ne oldu hail   1310
Makule değilmiyim ya kail

Ger talib-i Hüsn olursa mecnun
Timarhane olur bu gerdun

Zecrin sebebin beyan buyurun
Cürmüm var ise iyan buyurun

İttifak kerden-i kabile ki şart-ı kâbin
tahammül-i belâst çunin ki resm-i mâst

Sadat-ı kabile cümleten hep
Kıldılar ona beyan-ı matlab

K'ey talib-i Hüsn olan hıredmend
Gûşunda durursa gevher-i pend

Fikreyle ki cümle aşinayız   1315
Hep şûr u hevaya mübtelayız

128

Bir sözle kim oldu yâre vasıl
Bir gonca ile bahara vasıl

Hiç mümkün olur mu rencsiz genc
Çok kimseye erdi gencsiz renc

Zevklenmemize değil mi ahrâ
Birden bire vasl-ı Hüsn'ü dava

Hiç sözle olur mu vasl-ı dildar
Lutfet bu kelamı etme tekrar

Davamızı sanma hilemizden   1320
Var Kays'e de sor kabilemizden

Bî mihnet ü gam vusul-i dildar
Aya kime oldu bu sezavar

Hiç kimse bu raha gitmemiştir
Bir ferd bunu işitmemiştir

Meydanda ki baş içindir efser
Ser ver k'olasın bu yolda server

İltizamı kerden-i Aşk belahâ-râ

Aşk anladı kim nedir serencam
Kavga-yı makale verdi ârâm

Dedi buyurun ne ola hizmet   1325
Minba'd men ü bela vu mihnet

Sadat-ı kabile etti tedbir
Kim mehrine eyel nakdi tevfir

Hüsn akdine çok paha gerektir
Evvel sana kimya gerektir

Durma sefer et Diyar-ı Kalb'e
Can baş ko rehgüzar-ı Kalb'e

Ol şehrde kimya olurmuş
Yolda beli çok bela olurmuş

Bin başlı ejder-i münakkaş   1330
Mumdan gemi altı bahr-i ateş

Bin yıllık yol Harabe-i Gam
Onun ötesi Saray-i Matem

Meşhur o yolun başında cadı
Her muyu yılan yalan değil bu

Bir deşt içinde dev ü peri
Arslan kaplan vuhuş-ı berrî

Cin nevi hezar bedlikalar
Cadı kılığında ejdehâlar

Muzlim gecelerde gul-i yaban   1335
Avazesi ra'dden nümayan

Sihr ile yağar o deşte ateş
Gâhice de ef'i-yi münakkaş

130

Allah muin olup geçersen
Kalp şehrini abını içersen

Kıl andaki kimyayı hasıl
Gel bunda ol işte Hüsn'e vasıl

Sefer kerden-i Aşk be Diyar-ı Kalp ve serencam-ı vey

Aşk oldu bu müjdeden ferahnak
Bin şevk ile etti camesin çak

Filhal sorup Diyar-ı Kalb'i   1340
Tuttu reh-i rehgüzar-ı Kalb'i

Gayret de olup ona kafadar
Kıldı iki yâr azm-i dildar

Çün girdi o merd-i rah raha
Evvel kademinde düştü çaha

Amma ki ne çah çah-ı girdap
Manend-i ebed verası nâyab

Gayret dedi ona ey fedayî
Karun'a sor imdi kimyayi

Bir çah bu kim sevad-ı azam   1345
Gencur-ı künuz-ı yeis ü matem

Ne rah-ı 'adem ne zulmet-abad
Bir çah içi figan u feryad

131

Deycur-ı firaktan nişane
Bahr-i zulümat-ı bîgerane

Düşse buna Hızr olup da gümrah
Olur yarı yolda ömrü kutah

Mihr atsa kemend-i mah u sali
Yok ka'rını bulmak ihtimali

Çün düştü o çaha mah-ı Nahşeb   1350
Layık k'ola namı Çah-ı Nahşeb

Düştüğüne eyleme teessüf
Miracını çehte buldu Yusuf

San zülfüne cây olup zenahdan
Harut'a buluştu Mah-ı Kenan

Velhasıl o mihr-i alemara
Ber aks olup etti çahı me'va

Kasdeyledi tarem-i Simak'e
Bir başka sefer göründü hâke

Gitti nice sal ü mah u eyyam   1355
Ka'rın bulup etti ahir ârâm

Bir deve meğer o çah-ı mihnet
Olmuştu makam-ı hâb u rahat

Bir dev ki var nice sipahı
Her birisi maden-i siyahî

Manend-i şeb-i firak bed-ruy
Kan teşnesi mürde fil-i bed-bûy

Tuttular ol iki derdmendi
Taktılar ayağına kemendi

Arzeylediler o dev-i meste   1360
Kim sayd budur şikeste-beste

Karşı çağırıp o dev-i hail
Mihr oldu Zühal'le san mukabil

Dedi ki ne raha eyleyip azm
Düştün bün-i çaha böyle bî hazm

Duydum gam-ı Hüsn'e can-feşansın
Zer talibisin esir-i kânsın

Lakin bu ne fikr-i kec-nümadır
İdrak değil başa beladır

Sen kanda ol aftab kanda   1365
Derya kanda serap kanda

Hoş kısmet imiş bize vücudun
Bağlandı basiret ü şühudun

Kim vardı diyar-ı kimyaya
Anka'ya erişti ya Hüma'ya

Bî fikr ü sual raha düştün
Evvel kademinde çaha düştün

Allah Allah zihî hamakat
Bu rütbe olur olursa gaflet

Yazık sana acıdım cüvansın   1370
Amma ki acip bedgümansın

Şûriden-i Aşk

Aşk ateş-i kin ile olup germ
Dedi ne gerek bu sözlerin nerm

Katletme değilmidir muradın
El'ân elinde zulm ü dâdın

Guya ki bu sözle fikr-i canan
Gönlümden olur mu zerre pinhan

Korkutmaya düşme bî mahaldır
Vuslat dediğim benim eceldir

Salt bende değil bu fikr-i canan   1375
Ölsem de giyah eyler efgan

Bu çahta ney bitip seraser
Uşşaka gam-ı firak söyler

Gitmez bu heva dimağımızdan
Bu dûd çıkar ocağımızdan

Gam meşaledir bu sönmek olmaz
Can vermek olur da dönmek olmaz

Haps kerden-i Dev işan-ra

Ol dev-i lain-i bed-serencam
Hapsetmeye kıldı emr ü ikdam

Ta eyleye şahm u lahmın efzun   1380
Sonra onu tu'ma ede melun

Bir nice zamanlar Aşk u Gayret
Kaldı orada esir-i mihnet

Birbirine tesliyet verirdi
İkdamda takviyet verirdi

Residen-i Suhan

Bir subh Suhan yetişti ol pir
Geldi ser-i çaha etti takrir

K'ey beste-i çah olan cüvanlar
Hengâm-ı belada mihribanlar

Azmeyleyiniz halasa durman   1385
Yol korkuludur hulasa durman

Bu çahta hiç halas yoktur
Üftadelere menas yoktur

İlla bün-i çehte Bir resen var
Cinniler ona değil haberdar

Bir pir ana tılısım yazmış
Hıfzetmeye hayli ism yazmış

Kim ol reseni tutarsa muhkem
Hıfzeyler onu o ism-i azam

Cinler edemez ona hasaret   1390
Çıktıkça bulur necat ü rahat

Efsun ile söyledim bunu ben
Cinniler içinde söyleme sen

Halas yaften-i Aşk u Gayret

Emrini tutup ol iki canbaz
Mansur olup oldular serefraz

Açtı gözün Aşk-ı asman-gir
Gördü ki Suhan'dır işte ol pir

Bildi ki diyar-ı yârdendir
Ol subh o nevbahardandır

Bir hasret ü derd ile çekip ah   1395
Sordu bana söyle Hüsn'ü billah

Söyler mi beni nedir hayali
Gâhice anar mı bîmecali

Âgâh mıdır melâlimizden
Aya ki sorar mı halimizden

Yâdına gelir mi aşinalar
Makbule geçer mi bu belalar

Düştüm o hevesle ka'r-ı çaha
Kim çehte karîn olam o maha

Duydum onu sonra kim gümandır   1400
Mahın yeri evc-i asmandır

Hala o talepte şermsarım
Geçtim yere lik bîkararım

Şayan idi kalsam ol belada
Sen Hızr yetiştin ol arada

Şimdi bana yârden haber ver
Ol geçti bu bârdan haber ver

Bakmadı Suhan bu ah u zâre
Bir mürg olup uçtu bağ-ı yâre

Gayret dedi Aşk'a ey birader   1405
Gel yol eri yolda olmak ister

Bâl açtı iki hüma-yı rifat
Düştü yola hemçü bûm-ı gurbet

Medd-i nigehi edip asâ-keş
Gitti iki merdüm-i belakeş

Üftadeliğe gam oldu munzam
Düştü yoluna Harabe-i Gam

Ol rah ki zikri geçmiş idi
Her gamı megak-i nâümidi

Der sıfat-ı şeb ve şiddet-i şita

Bir deşt-i siyehte oldu gümrah   1410
Yelda-yı şita bela-yı nâgâh

Bir deşt bu kim neuzü billah
Cinler cirit oynar onda her gâh

Birbirine yeis ü havf lahık
Geh kar yağar idi geh karanlık

Deycur ile berf edince ülfet
Bir kalıba girdi nur u zulmet

Sermadan olup füsürde mehtap
Şebnem yerine döküldü simab

Ahu-yı sefide döndü deycur   1415
Sahra dolu müşk içinde kâfur

Bir bakıma berf içinde deycur
Manend-i sevad-ı dide mahsur

Buzdan kırılıp sipihr-i mina
Düştü yere rîze rîze guya

Bak bak felek-i siyahkâre
Ayine getirdi Zengibar'a

138

Serma ile berf olunca munsab
Dendanı sırıttı Zengi-yi şeb

Bin mih ile nal-i mahı encüm   1420
Deycur-ı şitadan eyledi güm

Burc-ı Esed oldu rah u meydan
Her köşede bir pamuktan arslan

Guya tutulup zeban-ı şule
Lerzide idi figan-ı şule

Efsürde olup şirar-ı serkeş
Gevherler içinde kaldı ateş

Hamamın olup şikeste camı
Elmastan oldu tâk u bamı

Perende olup zülal-i kühsar   1425
Berf adı ile yağardı tekrar

Sahradan edip girize tasmim
Sütlüce'de kaldı cetvel-i sim

Kan etti biribiriyle ihvan
Engüşt ile pençe şâh-ı mercan

Dehşetle olup karaltı dünya
Kühsar ile sarsar oldu hempâ

Kalmadı havada mürg-i serkeş
Gâhice uçardı reng-i ateş

139

Yakut gibi habab-ı sahba 1430
Hiç şuleden eylemezdi perva

Ateşte zülal edip tekevvün
Dûd eyledi sarsara tahassun

Mahileri sayd için seraser
Bağlı idi oltalarda ahker

Gabraya ağardı sakf-ı hadra
Tutmasa sütun-ı yahla serma

Sultan-ı Dey etti şehri tezyin
Düştü leb-i bama ney-i sîmîn

Yahpare olup zeban-ı guya 1435
Geldi leb-i bama harf-i şekva

Ateşgeh-i mihr olurdu berbat
Subh urmasa buzdan ona evtad

Deryaları kişt edince gâhi
Ahuya gıda olurdu mahi

Olsaydı sekin dehanı pür cûş
Aguş-ı peder sanardı harguş

Lağzişten edip meğer taharri
Gelmezdi kenar-ı havza peri

Cemre eğer olmasaydı lağzan 1440
Düşmezdi zemine ta Haziran

Hep zahire çıktı meşreb-i halk
Kalmaz leb-i bamdan leb-i halk

Lerzide nefesle sohbet-i nas
Zencir-i cünun ve lik elmas

Fanusun içinde şem'-i rahşan
Deryada nühufte şâh-ı mercan

Nesr-i feleği görüp kümeste
Kesti sesi fahte kafeste

Ta olmaya daneçin-i hırman   1445
Güncişke şirer dökerdi sıbyan

Mirrih'in eli donup şitadan
Düştü yere hançeri semadan

Şir-i felek oldu şir-i berfîn
Dendanı yerinde idi pervin

Manend-i sitare-i şeb-efruz
Gâhi görünürdü ruz-i firuz

Yah-beste olunca çeşm-i giryan
Gözlükle arardı mergi merdan

Suz-ı dile bulmak için esbab   1450
Germ-ülfet idi adu ve ahbap

Baruta şitab ederdi ahu
Ağız otuna gelirdi tihu

Mey-hârelik oldu zühde hemser
Ab-ı huşuk oldu ateş-i ter

Agreb bu ki dondu rah-ı efkâr
Sekteyle gelirdi tab'a eş'ar

Bilcümle suhanverân hamuş
Humhane-i mana eylemez cûş

Galip bana olamazlar enbaz   1455
Ben şule-i fikre eylerim naz

Tetimme-i suhan

Ol havf ü hatardan Aşk-ı âgâh
Bin dehşet-i gamla oldu gümrah

Bildi ki şehir değil ovadır
Amma ya sihir ya kimyadır

Esbab-ı helak hep mükerrer
Avaze-i ra'd u berk u sarsar

Derya-yı zalam mevc ver mevc
Gulan-ı hayal fevc der fevc

Bir yana bela-yı vehm ü vahşet   1460
Bir yana hava-yı berf ü zulmet

Görmüş değil idi gam diyarın
Nazendesi idi ruzgârın

Gördü karalardan aşti zulmet
Etti o cüvanı gark-ı dehşet

Etti nice serseri tekâpu
Manende-i girdbad her su

Ol deştte iz belirmedi hiç
Bir rah-ı necat görmedi hiç

Nâgâh onu gördü ol periveş   1465
Harman gibi bir mahuf ateş

Katran-ı cahimden nişane
Üstünde zebane ber zebane

Eflake reside dûd-ı şule
Sihr idi veli nümud-ı şule

Sıfat-ı Cadı

Bir pirezen etmiş onda me'va
Cadı-yı mahuf-ı dev-sima

Duzahta makarrı sanki şeytan
Dört yanı hamim ü zift ü katran

Başı karadağdan nümudar   1470
Ağzı dişi köhne gûr-ı küffar

Burnu Modaburnu'nun ovası
Darban yatağı keler yuvası

143

Sarkmış leb-i ziri ta be zanu
Manende-i mürde fil-i bed-bu

Kaplumbağa iki çeşm-i bed-renk
Kirpikleri hemçü pây-ı harçenk

Kaş yapmış iki kara çıyanı
Zülf etmiş iki küme yılanı

İki meme şekli iki hınzır   1475
Bir kâr için etmiş onu ser zir

Tarla koğuğu iki kulağı
Kirpi yuvası sıçan yatağı

Ağzından akar kerih sular
Kâriz gibi kötü kokular

Burnunda çıyan u muş u akrep
Ağzında zehirli hayye vü dabb

Ateş ile söyleşir zebanı
Guya o cehenneme zebanî

Âlât-ı sihir yanında hazir   1480
Bin köhne sifal ü dühn-i vafir

Bir dühnü ki vazede sifale
Badi idi nice bin hayale

Geh ebre süvar olurdu çün bad
Geh ateşe ettirirdi feryad

Evladı doğardı bir yanından
Yuttuğu çocukların kanından

Tu'ma eder idi yine tekrar
Doğurduğun ol kerih-i bedkâr

Talip şoden-i Aşk-râ

Sihreyleyip etti Aşk'ı davet   1485
Arzeyledi ona zib ü zinet

Bin türlü kumaş u kâle vu fer
Elmas ile la'l ü cevher ü zer

Ol kâleleri giyindi filhal
Aşk'a dedi gel oğul beni al

Akdeyle aman bu derdmedi
Gönlüm seni çare yok beğendi

Etmek seni bu sipihri sultan
Asan görünür fakire asan

Olursan eğer bu kâra bizar   1490
Bir sihr ile halin eylerim zâr

Aşk ol sözü anlayıp işitti
Geh ağladı geh taaccüb etti

Kaldırdı başını asmana
Danende-i raz-ı ins ü cana

Ahına siper kılıp sipihri
Yadeyledi Hüsn-ü mihri-çihri

Ey Hüsn ey aftab-ı enver
Ey Aşk'ı eden esir-i ahker

Bu muydu ümit senden ey mah   1495
Cadı ola vaslıma hevahah

Ben kürbet-i gurbet içre bîtap
Sen zevk u safadasın ferah-yab

Ben berf-i zalam içinde gümrah
Olsun sana bu felek hevahâh

Lakin bu mu şive-i muhabbet
İnsaf kıl ey meh-i semahat

Yâri olanın esir-i ahker
Geçmez boğazından ab-ı Kevser

Geh baht u gehi sipihr ü geh yâr   1500
Göz yaşını kıldı germ-i pazar

Âvihter-i Cadı

Cadı onu gördü bu belada
Kıldı dahi hışmını ziyade

Bir sihr ile çekti çarmiha
Hem kıldı nişane tig ü sîhe

Ol ateşe karşı Aşk u Gayret
Salb oldu ki ala bundan ibret

Nümrudluk eyleyip kemahi
Salb eyledi sahire o şahı

Çün görmüs idi çeh-i amiki   1505
Seyretti bu yolda mancınıkı

Kandil gibi o gonca-i ter
Asılma fürugun etti berter

Çünkim sever idi Aşk'ı cadı
Tahvifini kasdeder fakat bu

Aldı boğazını vehmnakî
İncinmedi hiç can-ı paki

Ol darda çün hatib-i minber
Kaldı nice hafta ol semenber

Eylerdi hezar gûne efgan   1510
Sanırdı gören hezâr-ı nalan

Gâh etti sipihri arz-ı bîdad
Gâh eyledi Hüsn'e ah u feryad

Gâh eyledi bahtına hitabı
Tiz eyledi navek-i itabı

Ey baht nedir bu bîvefalık
Hiç yok mu seninle aşinalık

147

Canan tutalım ki bîvefadır
Hem adetidir ve hem sezadır

Aşıkta gam u bela gerektir   1515
Dildar ise bîvefa gerektir

Sen bari o şivegâra uyma
Gel şive-i ruzgâra uyma

Ne anda ne bunda buldu tesir
Fehmetti ki cümle kâr-ı takdir

Geldi yine başına şuuru
Yad eyledi rahmet-i gafuru

Ey halik-ı ins ü can rahm et
Yok bende tüvan aman rahm et

Takdir yoğısa vasl-ı yâre   1520
Al canımı ver o şivegâra

Bin fikr ile söylenip perişan
Mabuduna kıldı ah u efgan

Ol demde Suhan huzura geldi
Kün emri gibi zuhura geldi

Ol an açıldı şam-ı zulmet
Şevka bedel oldu havf u haşyet

Hak zahır olup bozuldu evham
Sihr oldu heba misal-i ahlam

Gördükte o piri Aşk-ı çalak   1525
Giryan olup etti sinesin çak
Hüsn'ü anıp etti ah u feryad
Hem kıldı bu şiir-i paki inşat

Tardiye

Hoş geldin eya berid-i canan
Bahşet bize bir nüvid-i canan
Can ola feda-yı id-i canan
Bîsûd ola mı ümid-i canan
Yârin bize bir selamı yok mu

Ey Hızr-ı fütadegân söyle
Bu sırrı edip iyan söyle   1530
Ol sen bana tercüman söyle
Ketmetme yegân yegân söyle
Gam defterinin tamamı yok mu

Ya Rabbi ne intizardır bu
Geçmez nice ruzgârdır bu
Hep gussa vu hâr hârdır bu
Duysam ki ne şivegârdır bu
Vuslat gibi bir meramı yok mu

149

Çıktım ser-i dara hemçü Mansur
Âvazım ezan-ı nefha-i sur   1535
Gam kıldı gülumu şah-ı mansur
Oldum sipeh-i belaya mahsur
Ol padişehin peyamı yok mu

Kâm aldı bu çerhten gedalar
Ferdalara kaldı aşinalar
Durmaz mı o ahdlar vefalar
Geçmez mi bu ettiğim dualar
Hal-i dilin intizamı yok mu

Dil hayret-i gamla lâl kaldı
Galip gibi bîmecal kaldı   1540
Gönderdiğim arz-ı hal kaldı
El'an bir ihtimal kaldı
İnsafın o yerde namı yok mu

Müjde daden-i Suhan

Baz etti Suhan der-i hitabı
Bu tarz ile verdi kim cevabı

Sen yârını bîhaber mi sandın
Yoksa seni terk eder mi sandın

Ol şah-ı diyar-ı hüsn ü andır
Feryadres-i futadegândır

Aşıktır o sana sanma maşuk   1545
Gûş et ki budur kelam-ı mevsuk

Gör kudret-i Hüsn-i bîmisali
Ol sahirenin nic'oldu hali

Şimdi gözün aç da eyle dikkat
Cadıya bak al bu sırdan ibret

Bir yol bakıp Aşk-ı alemara
Cadıya nigâh kıldı amma

Ne gördü bir özge hale girmiş
İt laşesi bir çuvale girmiş

Ne zineti var ne zîb ü zîver   1550
Hınzır ölüsü füsürde kâfer

Bir tig urulup dü pare olmuş
Bedkâr idi bed-sitare olmuş

Yanında ne ateş ü ne zulmet
Ne berf ü ne çarmih ü dehşet

Etti Suhan ol hayali tasvir
Kıldı sebebin bu gûne takrir

Sen Hüsn adın eyledin feramuş
Cadı seni kıldı böyle medhuş

Hüsn adı tılısmıdır bu sihrin   1555
Neshi onun ismidir bu sihrin

Çün eyledin ona arz-ı hacet
Oldu olan işte kıldı himmet

Feryadına yetti Hüsn-i yekta
Bir tig-i mücevher etti ihda

Der sıfat-ı tig

Amma ki ne tig tig-i elmas
Cellad-ı adu şihab-ı vesvas

Yek mısra'-ı Zülfekar-ı Haydar
Bir ayet-i kârzâr-ı Haydar

Ayine-i nusret-i ilahî   1560
Hızr-ı reh-i resm-i padişahî

Reşkâver-i tig-i çeşm ü ebru
Hamuş-kün-i şair-i hecâ-gû

Kan ırmağı cuybar-ı ateş
Zehr-i ecel ejder-i münakkaş

Mah-ı nev ona niyam-ı garrâ
Baştan başa cevheri Süreyya

Manende-i mevc-i ab-ı hayvan
Elmas veli fesanı mercan

Bir tig ki bahr-i bîgirane   1565
Su yerine ruh olur revane

Ser-pençe-i aftab-ı ruşen
Çekmiş onu beyza-yı kamerden

Çün gamze-i dilberan-ı tannaz
Aşub-ı kazaya harfendaz

Gerdun-ı vega vu ceng mahı
Girdab-ı belada tig-i mahi

Bâr u beri şule şâh-ı ateş
Endamı pür ateş ü müzerkeş

Fevvare-i ab-ı la'l-sîrab   1570
Cubar-ı zümürrüd-i siyeh-tâb

Bir tuti-yi sebz-i hun-pala
Şehbaz veli tezerv-sima

İzrail işaretine münkad
Bal ü per-i mevci mahşer-icat

Çekmiş onu vaye-bahş-ı maden
Mürg-i Melekut beyzasından

Be'sinde safa-yı hıfz meşhud
Mecv-i güher anda zırh-ı Davud

Bir kara haberci mürg-i ahdar   1575
Bâlinde nühüfte mevt-i ahmer

Hunhâr velik zulmi dâfi
Kec-bahslere cevab-ı katı

153

Davana senin güvahtır bu
Kec bakma ki Tig-i Ah'tır bu

Her nesne ki sedd ola bu raha
Kıl anı havale Tig-i Ah'a

Der sıfat-ı esb

Hem bir dahi bir semend-i dilkeş
Etti sana tuhfe ol periveş

Sülün turu bir semend-i gülgûn   1580
Gülzâr-ı bihişt ü kulzüm-i hun

Mevc-âver-i ab-ı la'l ü yakut
Refref gibi rahvar-ı Lahut

Ser ta be kadem bahar-ı gülpûş
Sahba gibi la'l-reng ü pür cûş

Simab velik şule-peyker
Hurşidveş ateş-i musavver

Endamı hamire-i nezaket
Her cümbüşü cilve-i kıyamet

Tuba-yı cinan dıraht-ı şule   1585
Kâşane-i adn u taht-ı şule

Hun-ı dil-i aşıkana benzer
Hızr abı velik kana benzer

Tavus-ı bihişt ü şir-i garra
Al cameli bir arus-ı ziba

Tiz eylese şive-i hiramın
Verir ezele ebed peyamın

Reftarını eylese müsait
Gerdine erişmez an-ı vahid   1590

Bir rütbededir ki zud-reftar
Ecza-yı habaya vermez azar

Çün tayy-ı mekâna himmet eyler
Ecza-yı zamana sebkat eyler

Reşkâver-i ebreş-i gül-endam
Şirin harekât u Rüstem-âram

Ârama ayak direrse gâhi
Kara taş eder yem-i siyahi

Dağ gibi durur o şule-endam
Çün künbed-i la'l-reng-i Behram

İki kulağı çeleng-i şehbaz   1595
Gerdanı sürahi-yi serefraz

Hayvan velik ab-ı hayvan
Çün subh-ı bahar nahl-i mercan

Her muyu tarabda târ-ı tambur
Avaz-ı sahîli nefha-i sur

Süm kâse-i mağz-ı div-i esfid
Düm târ-ı şua-yı nur-ı hurşid

Su gibi akar zemin ü kâna
Ateş gibi sıçrar asmana

Ahu gözü sînesi gazanfer   1600
Sünbül saçı dem misal-i ejder

Anka-yı suhan-şinas-ı hoşdem
Pervazda şule-i mutalsam

Gülgûne-i hun-ı eşke hemrenk
Kanun-ı muhabbete hemâhenk

Tuti gibi gerçi al came
Hamuş-kün-i kümeyt-i hâme

Dildar ü dilaver ü güşade
Çün neşe-i şirgir-i bade

Velhasıl o Aşkar-ı sebük-bâl   1605
Eyler seni şehr-i Kalb'e isal

Hüsn'ün sana yadigârıdır bu
Cehdeyle ki gam diyarıdır bu

Hem Gayret'e perr ü bâl verdi
Hemrehliğine mecal verdi

Gördün mü ne padişahtır ol
Kim Aşk'a delil-i rahtır ol

Dersen ki cenab-ı Hüsn-i yekta
Bu kudreti kanda kıldı peyda

Bir bende-i şermsarıyım ben   1610
Fehmeyle ki hâksarıyım ben

Emreyler ise eğer o daver
Lâşey gibidir bana bu şeyler

Bindikte cenab-ı Aşk o esbe
Azmeyledi rahına dü-esbe

Gayret dahi açtı perr ü bâlin
Yâd ettiler ol şehin visalin

Melâlet-i Aşk

Aşk'a katı pek giran gelirdi
Gâhi düşünüp usan gelirdi

Yâri bırakıp da raha gitmek   1615
Mahı bırakıp da çaha gitmek

Günden güne nâümit olurdu
Fersah fersah baid olurdu

Gayret der idi kesilmez ümit
Lutf-ı samede olur mu teb'id

Maksude ere geri gidenler
Gevher bula serseri gidenler

Malum ki Hakk'a ard ön olmaz
Yoktur cihcti ona yön olmaz

Gündüz gece edelim şitabı   1620
Bir gün görürüz o aftabı

Seyreyler idi o bedr-i kâmil
Her gece hezar sâle menzil

Tayyeyler idi o mihr-i enver
Her ruz dokuz felek kadar yer

Hurşide süvar olup çü İsa
Etmezdi seyahatı mübala

Gâhi ki düşerdi havf-ı cana
Gayret der idi o bî amana

Firkat gibi mevt ömre sürmez   1625
Allah ne verir ki kul götürmez

Kale-i Zât'-üs-Suver

Saki getir ateş-i sabuhu
Nur eyle o ateş ile ruhu

Düşsün dile şûr-ı çeşm-i giryan
Mevc ura tenur içinde tufan

Yangın yerine dönüp bu sîne
Mey garkede lik şulesine

Dilbeste-i saz-ı erganunuz
Hem silsile-bend-i mevc-i hunuz

Zincirimiz edemez güşade   1630
İlla ki husam-ı mevc-i bâde

Bir hışm ile ver ki ol şarabı
Mirrih-i bela ola hababı

Baştan çıkarıp o cam-ı gülrenk
Mansur'a ede bizi hemâhenk

Nik ü bedi edelim feramuş
Can ile helak ola hemâguş

Kanâra imiş Harabe-i Gam
Kanı hat-ı cam o hizb-i azam

Tutmuş yolu çünkü hâr u haşak   1635
Ol seyl-i şirare eylesin pak

Gam deştine eylerim tekâpu
Kimdir dura bana şimdi karsı

Gelsin beri sedd-i rah olanlar
Hasretkeş-i Tig-i Ah olanlar

Güzeşten-i Aşk ez Harabe-i Gam

Vakta ki cenab-ı Aşk bîbâk
Gam deştine düştü arzu-nak

Ol tig ile Aşk-ı bark-cevlan
Gam deştini etti rik-i meydan 1640

Her gul-i bela ki çıktı raha
Kıldı onu tu'ma Tig-i Aha

Döndürdü zemini asmana
Ejderleri reng-i kehkeşana

Etti ser-i div ü gullü sergi
Verdi o sipaha nakd-i mergi

Hunabe-i şiri etti derya
Kaplan derisine döndü sahra

Bir seyf ile etti ol melek-zad
Derycur-ı cahimi cennet-abad

Az vaktte geçti gam harabın 1645
Hem sihrini gördü hem serabın

Geçti o yolu ecelden akdem
Kaldı geride Saray-i Matem

Gûş etmiş idi o sergüzeşti
Ateş yemi üzre mum keşti

Çıktı yolu üzre şimdi nâgâh
Ol kulzüm-i ateş-i ciğer-kâh

Mumdan gemiler edip hüveyda
Kılmış nice dev o bahri meva

Çün ateş o kavme etmez azar   1650
Azürde olur mu nardan nar

Keştileri ber hava tutarlar
Çok ebleh-i bîneva tutarlar

Keştiye kim eyler ise ikdam
Ol devler eyler idi idam

Zevrak veli nahl-i sûra benzer
Kâlibüdü surh u şule-peyker

Guya ki cezire-i felaket
Pür sûz-ı bela kızıl kıyamet

Her biri misal-i Kuh-ı Sürhab   1655
Dopdolu içinde dev-i kuh-rab

Tabut idi san o keşti-yi mum
Olmazdı mezarı lik malum

Ol fülk ü o nar-ı pür felaket
Hep şem'-i mezardan ibaret

Ol sihre mahal idi fakat nar
Hiç sahile edemezdi azar

Çün devler etti Aşk'a davet
Gel keştiye bulasın selamet

Aşk eyledi macerayı iz'ân   1660
Sabreyleyip olmadı şitâban

161

Amma ki ne çare rah mesdud
Hiç olmadı bir tarik meşhud

Der hasb-i hal-i hîş

Ey halik u kirdigâr ta key
Bu mihnet ü hâr hâr ta key

Rehzen ne reva ki yol senindir
Ger hâhiş ararsan ol senindir

Lazım mı her ehl-i derd-i pür şûr
Çıkmak ser-i dâra hemçü Mansur

Etme beni firkate nişane   1665
Bed-ahdi ne lazım imtihane

Çün zerre-i aşka mazhar ettin
Hurşide başım beraber ettin

Cadılar elinde etme beste
Öldür beni koyma böyle hasta

Ol mevt hayat-ı cavidandır
Ger nefs için istene ziyandır

Maksud hemin rıza gerektir
Ol kasde dahi ata gerektir

Rah-ı talebinde beste-payım   1670
Sen eyle güşade bînevayım

Makbule seza bir iltica ver
Hem eyle kabul hem dua ver

Gönlümde talep inayet eyle
Hâhişte edep inayet eyle

Bir lutfa karîn ola bu matlab
Küstahlığım kemal ola hep

Ger dar ise künc-i mahfilimdir
Ol nar ise nar menzilimdir

Çün bahr-i inayet eyleye cûş   1675
Haşa ola bendeler feramuş

Bu gam bilirim ki aha değmez
Billah ki bir nigâha değmez

Amma ki ümid-i rahmetindir
Meluf olunan inayetindir

Sahra-yı 'ademde eyledin cûd
Verdin yoğiken libas-ı mevcud

El'an 'ademdeyiz 'adîmiz
Hâhişger-i nimet-i amîmiz

Kaldı orada esir-i hasret   1680
Ne tâb-ı güzer ne fikr-i avdet

Nutka gelip Aşkar-ı gül-endam
Dedi ne sebepten ettin âram

Aşk eyledi dürr-i eşki rizan
Söz söyledi hemçü dürr-i galtan

Gayret gibi yok perr ile bâlim
Bu ateş ile nic'ola halim

Şahin değilim ki edip ahenk
Pervaz edeyim hezar ferseng

Aşkar süzülüp misal-i Anka   1685
Ol ateşe girdi bîmuhaba

Bir nar ki dûdu dûd-ı Nemrud
Gulan-ı siyah-nümud-ı Nemrud

Dünyaları tutmuş ateş-i gam
Girdabları çeh-i cehennem

Duzah veli şule-zâr-ı sîmab
Her ahkeri cür'a-nûş-ı girdap

Hun-ab-ı ciğer misali gülgûn
Derya-yı şirare kulzüm-i hun

Her gavtası bir muhit-i ateş   1690
Her lüccesi bir cahim-i ateş

Gayret dedi Aşk'a yakma canın
Bu ateşidir o kimyanın

Manend-i ukab eyle pervaz
Ol puhte-i imtihanda mümtaz

Sanma ki bu kapıdan gelirsin
Ateşte gider sudan gelirsin

Bu nar-ı fenadan olma ferrar
Batn-ı feres içre girme tekrar

Nar etti kemal-ı Aşk'ı teşdid   1695
Hun-ab-ı şafakta sanki hurşid

Tufan-ı şirare mevc ber mevc
Pervazda Aşkar evc ber evc

Pür cûş-ı bela muhit-i ateş
Şule ona ol semend-i dilkeş

Çün ayet-i Berd ah-ı serdi
Ol ateşi dûd-veş geçerdi

Bâl açmiş onun yanında Gayret
Pervane velik şir-suret

Dûd içre kalıp o mihr-i ruşen   1700
Bir fitne idi husûf-ı mehten

Gulanı ederdi hem demâdem
Bir tig ile can ber cehennem

Altında semendi çün semender
Gayret de yanında besberaber

Velhasıl o atesin rahı
Geçti çü nesim-i subh-gâhi

Bir sahile erdi kim güzarı
Firdevs rıyazının baharı

Bülbülleri tuti-yı suhan-saz   1705
Bebgaları suz u saza hemraz

Derya gibi sebze mevc-engiz
Tuba gibi her nihal-i gülbiz

Tufan-ı çemen yem-i zümürrüd
Yer gök yeşil alem-i zümürrüd

Her suy şüküfeler nümayan
Pür hande misal-i mahruyan

Her goncası bir bahar-ı hurrem
Her şebnemi bir sehab-ı pür nem

Gerdunveş o bustan-ı enver   1710
Ayçiçeği aftaba benzer

Sahra dolu nerkis u karanfil
Bigâne giyâhı gerdi sünbül

Bir rütbe havası saf u dilcû
Bülbülleri gonca gibi hoş-bû

Zerrat-i Şemis olup guşade
Saat çiçeğiydi hasb-ı âde

Putrak diken açılıp çemende
Çerh-i feleğe ederdi hande 1715

Seyreyleyip Aşk o bağ u rağı
Bir ah ile tazelendi dağı

Nüzhetgeh-i Mana-yı edip yâd
Bu şiir-i nevîni kıldı inşat

Tardiye

Ey hoş o zaman ki dil olup şad
Can milki idi meserret-abad
Ettim o havaları yine yâd
Allah için eyle ey felek dâd
Arayiş-i ruzgâr idim ben

Bir bağ idi kim bu cana me'va
Her goncası cennet idi guya 1720
Fırsat gelip etti cümle yağma
Gönlümde o neşe kaldı hala
Mest-i mey-i itibar idim ben

Hiç yoktu sipihre bir niyazım
Derkâr idi ayş u nûş-ı sazım
Yanımca gezerdi serv-i nazım
Açılmamış idi böyle râzım
Reşkâver-i nevbahar idim ben

Şimdi gam-ı intizara düştüm
Bülbül gibi nevbahara düştüm   1725
Çok narı geçip kenara düştüm
Sagar gibi pare pare düştüm
Mey-nûş-ı itab-ı yâr idim ben

Eyvah o ruzgâr geçti
Gül geldi vü hâr hâr geçti
Didar güm oldu dâr geçti
Can teşne olup humar geçti
Maşuk ile bâde-hâr idim ben

Canan ile ayş u nûş ederdim
Girdap gibi hurûş ederdim   1730
Bezm-i meyi şule-pûş ederdim
Büşbüllerini hamuş ederdim
Galip gibi kâmgâr idim ben

Âgâhî daden-i Suhan be suret-i tuti

Bu şiir-i teri okurken ol mah
Bir savt-i garip işitti nâgâh

Bir tuti-yi sebz-i âl-minkar
Bir şâhta eyler onu tekrar

Kim duhter-i şah-ı Çin o hun-riz
Bu bağa gelir çü subh-ı gülbiz

Yazık sana ey cüvan yazık   1735
Olursun o şivegâra aşık

Zât'üs-Suver'e varırsın elbet
Eyler seni mübtela-yı mihnet

Aşk ona bakıp gurura geldi
Esrar-ı hafi zuhura geldi

Hüsn adın anıp dedi ki heyhat
Ağyara muhabbet edem ispat

Ol tuti-yi sebz edip bunu faş
Hızr-ı reh-i gaybe oldu yoldaş

Vakta ki ne gördü Aşk-ı pür şûr   1740
Ol bağa erişti bir bölük hur

Bir mah ile bir güruh-ı dilber
Seyyareler içre mihr-i enver

Çün cünd-i ferişte cümlesi pak
Manend-i sipah-ı akl-ı derrak

Ol mah ki ol güruha şehti
Ol cünd-i periye padişehti

Bir hur-nigâh-ı ruh-manzar
Ayniyle cenab-ı Hüsn'e benzer

Gülzâr-ı izârı cennet-abad   1745
Şemşir-i nigâhı firkat-icat

169

Kaş besmele-i kitab-ı rahmet
Leb sure-i Kevser'e işaret

Ruhsare-i âli cam-ı rahşan
Ruhsare-i mihre cür'a-efşan

Sîmîn teni bir püt-i semen-sâ
Hamuş idi lik suret-âsâ

İma ile söyleşirdi her gâh
Yoktu dehanı ne yapsın ol mah

Nutkeylemez idi hiç o kâfer   1750
Gamze idi tercümanı yekser

Velhasıl o mihr-i alemara
Yekpare cenab-ı Hüsn-i ziba

Ancak o kadar ki ol suhan-gû
Hamuş idi bu gül-i semen-bû

Bin naz ile etti arz-ı didar
Aşk oldu heman çü nakş-ı duvar

Aya ki Hüsün midir bu mehveş
Kim sînemi kıldı genc-i ateş

Yoksa bu yerin perisidir bu   1755
Yanında peri çerisidir bu

Aşk eyler iken bu fikr-i tekrar
Serrişteyi etmemişken izhar

Bir taht getirdiler mücevher
Koydu o güruh-ı nur-peyker

Ol mahveş oldu onda calis
Mihr oldu ya havz-ı nura âkis

Etrafa edip nigâh-ı dikkat
Emreyleyip Aşk'a kıldı davet

Filhal getirdiler huzura   1760
Garkoldu hemin nur nura

Bir meclis-i ayş edip müheyya
Bin gûne meserret oldu ihya

Aşk'a nice ihtiram kıldı
Yanında onun makam kıldı

Meclis-i ayş

Filhal getirdiler sabuhu
Mezcetti o mah râha ruhu

Zer hânçesi aftab-ı rahşan
Sagarları encüm-i dirahşan

Aguş-ı arîş içinde ol şah   1765
Aguşuna aldı Aşk'ı çün mah

Sahba vu piyale cûş ber cûş
Kıldı meh ü hale nûş ber nûş

Mevc urdu o ateşîn sahba
Zevraklar yüzerdi hemçü derya

Mey kırmızı-yı şafakla hemrenk
Müştehzi-yi mah cam-ı gülrenk

Seyyal veli nihad-ı la'lî
Fasl-ı hikeme midad-ı la'lî

Pür zevk idi tab'-i şule-zâdı   1770
Her cür'ası bin hulusa bâdî

Sahba veli saf hun-ı tavus
Keyfinde hezar renk mahsus

Kalkıldı usul-i nağme-i saz
Hanendesi mest ü şule-âvaz

Sakinin elinde sagar-ı nur
Güller bitirirdi şâh-ı billur

Saki dahi kendi ol periveş
Bir hur idi kim şarabı ateş

Bir havz idi hançe-i mey-i nâb   1775
Nerkis leb-i havza cam-ı zer-tâb

Leb ber leb idi sebu vu sagar
Yeksan idi rinde hâk ü gevher

Pazar yerinde vardı revnak
Boş gitse dolu gelirdi zevrak

Şükretti görüp sebu o hali
Hiç secdeden olmaz oldu hali

Mehtapta meh meh içre mehtap
Mey şişede şişe meyde gark-âb

Çün kulzüm-i ateş oldu seyran   1780
Tufan-ı şarabı gördü cûşan

Yakut gibi şarab-ı engur
Elmas gibi piyale-i nur

Saki siteme edince ahenk
Mey olur idi arakla hemrenk

Perîde olurdu reng-i sahba
Bülbüllük ederdi cama guya

Şermende edince ol semenber
Olurdu arak şarab-ı ahmer

Bir demde ederdi ol perizâd   1785
Peymane-i şiri hun-ı Ferhat

Dest-i nigehinde cam-ı rahşan
İzrail elinde cevher-i can

Bin can içirirdi her nigâhı
Gözden geçirirdi Tig-i Ah'ı

Ol keyf ile kıldı Aşk tebzir
Dedi ki nazardadır o şemşir

173

Serencam-ı Aşk

Ol tigi alıp o subh-ı gülgûn
Gitti koyup Aşk'ı zâr u dilhun

Ol bağa ki baktı Aşk-ı pür şûr   1790
Ne cünd-i peri göründü ne hur

Ne mah u ne ol güruh-ı ahter
Ne şah u ne kürsi-yi mücevher

Dil düştü henüz piç ü tâba
Uğradı hezar iztiraba

Firkat meğer ol visal imiş hayf
Uşşaka safa muhal imiş hayf

Âgaza netice verdi encam
Oldu gecenin sabahı akşam

Çün Aşk o şuhu Hüsn'ü sandı   1795
Sîmasına aldanıp inandı

Yol korkulu Tig-i Ah nâbûd
Terketti bunu nigâr-ı mahud

Ne tâb-ı sefer ne tâb-ı gayret
Kaldı o belada Aşk u Gayret

Gördükçe o bağ-ı pür şüruru
Dağlardı dilin bela-yı durî

174

Ol surete oldu deng ü hayran
Hüsn'ü sanıp eyler idi efgan

Âgâhî daden-i Suhan be suret-i tezerv

Gûş etti ki bir tezerv-i serkeş   1800
Bu gûne verir peyam-ı ateş

Kim duhter-i şah-ı Çin'dir ol
Hüsn anlama nakş-ı kindir ol

Ol duhterin adı Hüş-rüba'dır
Adem-küştür peri-likadır

Bu bağa gelirse yarın ol mah
Zât'üs-Suver'e alır seni ah

Aşk aklını başına edip cem
Bîsûd idi lik yandı çün şem

Kaldı o gül-i harim-i vuslat   1805
Ol bağda hemçü bûm-ı vuslat

Filvaki o duhter-i semen-sâ
Ol bağı yine edinde me'va

Etrafa edip yine nigâhı
Aşk'a nazar eyledi kemâhî

Ol bâde-i saftan edip nûş
Derya-yı muhabbet eyledi cûş

175

Bir hal ile Aşk'a edip ima
Aldı yanına götürdü hempâ

Zât'üs-Suver'e olup revane   1810
Düştü yola ol şeh-i yegâne

Çün Aşkar'ına binip ol afet
Kasdeyledi raha duydu Gayret

Dedi ki cenab-ı Aşk'a eyvah
Olursun onunla gitme gümrah

Duydun ne dedi tezerv-i tuti
Vermem sana bu kadar sükutu

Aşk ona dedi ki ey birader
Gördün mü o şahı Hüsn'e benzer

Min vech cü yare aşinadır   1815
Öldürse eğer beni revadır

Evvelde rıza değil mi maksud
Sen olmamısın bu kâra hoşnut

Gayret olup ahdına vefadar
Ol gümrehe uydu çar u nâçar

Çün Aşk ile Gayret ol semenber
Ol kaleye vardılar beraber

Ne gördü ki bir garip kale
Her yanı suver acip kale

Bir babdan oldular çü dahil   1820
Filhal kapandı oldu zail

Hem dahi nihan olup ol afet
Hapsoldular onda Aşk u Gayret

Der sıfat-ı Kale-yi Zât'üs-Suver

Bir kale ki Sumenat'a benzer
Her seng-i siyahı Lat'a benzer

Hemreng-i künişt çarşısı
Bir şehr-i azim yok kapısı

Hep kûçe vü kûyu Yusufistan
Duvarlarında nakş-ı hûban

Nakşı felek'ül-buruca hemta   1825
Hem-halet-i hücre-i Züleyha

Guya ki o nakş-ı Bîsütun'dır
Şirinleri mah-ı lale-gûndur

Her kubbesi destkâr-ı Ferhat
Her sengi veli mezar-ı Ferhat

Neyreng-i hayalden ibaret
Her sureti bâc-ı şehr-i suret

Mermerleri hurdekâr-ı bîrenk
Duvarı suver-nüma-yı Erjeng

177

Fanus-ı hayal her minare   1830
Bir tuhfe-i nevdi ruzgâre

Hep andaki hurdekâr-ı suret
Barik idi çün hayal-i Şevket

Mehcur idi surete heyula
Müstakbeli nim ruhla yekta

Olmuş meğer ona çihre-perdaz
Ol duhter-i şah-ı Çin-i tannaz

Manend-i tasavvurat-ı aşık
Neyrengi vukua nâmuvafık

Etmiş bu nukuşa ol sitem-cû   1835
Müjgân-ı periyi hâme-i mû

Mânî'ye olunca haclet-icat
Şencerfi olurdu mağz-ı Bihzad

Velhasıl o mihr-i hâver-i Çin
Ol kaleyi eylemişti tezyin

Her surete Aşk kıldı dikkat
Hüsn'ü anıp etti ah-ı firkat

Gayret dedi Aşkar'a süvar ol
Bu kalede kalma rahvar ol

Çün Aşkar'a bindi Aşk-ı yekta   1840
Hâk-i rehin etti asman-sâ

Tayyetmeye başladı o rahı
Bir anda reh-i hezar-mahı

Çün magribe mihr oldu vasıl
Kat'edememiş dü gâme menzil

Zât'üs-Suver içre yine mahpus
Haline bakıp olurdu meyus

Her nesne ki geçmiş idi evvel
Bu kalede geçti hep mufassal

Bir çaha düşüp yine kemâkân   1845
Tuttular onu sipah-ı gulân

Kat'eyledi deşt-i berf-nâki
Gördü o musibet-i helaki

Cadı ile eyleyip keşâkeş
Geldi yolu üzre bahr-i ateş

Dahi nice türlü hevl-i cankâh
Yıllarca enîn ü girye vü ah

Bin havf ile geçti Aşk o rahı
Çün yoktu elinde Tig-i Ah'ı

Nâgâh açıldı rah-ı mana   1850
Baktı onu gördü Aşk-ı yekta

Menzil yine menzil-i mukaddem
Ol suret o kale-i mutalsam

Mabuduna eyleyip şikâyet
Hal-i dilin eyleyip hikâyet

Ya Rab sen o şuha merhamet ver
Ben hastayım ona afiyet ver

Bu jaleden et o mahı hoşnut
Çün senden olur husul-i maksud

Hiç halimi etmez oldu pürsis   1855
Kim surete eyledik perestiş

Biçare idim alimsin sen
Ben yoktum o dem kadimsin sen

Ol cürmi kabul emr-i müşkil
İsnad-ı zulüm ona ne kabil

Gel kılma mecazıma mücâzât
Olduysa sözümde istiarât

Haşa ki sana beraber olmak
Sen diğer o mah diğer olmak

Çün oldum esir-i çerh-i telvin   1860
Mümkün mü sözümde ola temkin

Zencir takıp bu pütpereste
Abdiyete çek şikestebeste

Maksudumu cümle hasıl eyle
Maksud-ı kadime vasıl eyle

Çeksin beni sîneye o dilber
Zevk u gamı ile şir ü şeker

Kıl rast veli muhaldir bu
Heyhat ki bir hayaldir bu

Senden taleb-i muhal haktır   1865
Her matlaba ihtimal haktır

Haşa demem iştiyak gitsin
Artsın o safa firak gitsin

Hoş-dillere gerçi ol beladır
Erbab-ı belaya bir safadır

Mest ede beni o cam-ı baki
Efzun ede vasl o iştiyakı

Bimar-ı gam-ı rica-yı derdim
Çoktan beri aşina-yı derdim

Derdimle devamı eyle hemrenk   1870
Nalemle teranem et hemâhenk

Âgâhî daden-i Suhan be suret-i bülbül

Nalan olarak gezerken ol mah
Bir bülbül-i mest gördü nâgâh

Kim Aşk'a hitab edip o bülbül
Zencir-i gama verir teselsül

181

Bu kalede bir hazine vardır
Boş sanma onu define vardır

Ur ateşe çıksın asmana
Ol malik o genc-i rayegâna

Yakmazsan eğer bu hoş sarayı 1875
Bulmazsın ebed o dilrübayı

Hem duhter-i şah-ı Çin o serkeş
Eyler ciğerin kebab-ı ateş

Ta yanmıyacak bu tâk-ı âlî
Yoktur sana çıkmak ihtimali

Boş boşuna eyleme tekâpû
Efsun ile bağlıdır bu kapı

Ol duhterin annesi peridir
Duhter sana canla müşteridir

Var aralarında çok keşâkeş 1880
Kim hâk ile ülfet etmez ateş

Ahir sana kasdeder periler
Hun-ı dilini şarap ederler

Ol bağda kim içildi sahba
Hep hun-ı şehân idi serâpâ

Ger bulmamış olsa tige ruhsat
Hapsetmeye edemezdi cüret

Aşk anlıyacak bu macerayı
Bir ateşe urdu ol binayı

Vakta ki tutuştu ol kilise   1885
İsa'ya buluştu çok çelipâ

Suretleri çıktı asmana
Zeynoldu bu heft aşiyane

Verdi yine ah-ı serde pervaz
Ateşten emin idi o serbâz

Hem kale hem ol zemin yandı
Hem duhter-i şah-ı Çin yandı

Bir genc açıldı kim mutalsam
Hep onda mümessel idi alem

Amma yok içinde Hüsn-ü yekta   1890
Aşk eylemedi onu temaşa

Buldu o zeminde Tig-i Ah'ı
Hem tir-i dua-yı subh-gâhı

Düştü yine raha ol periveş
Kendin yakarak misal-i ateş

Amma ki ne rah her kadem çah
Her berk-i giyahı mâr-ı cankâh

Yâdına gelince fikr-i dildar
Eylerdi bu güft ü gûyu tekrar

Ey mah yeter yeter bu bîdâd   1895
Feryadıma yet ki yetti feryad

Der sıfat-ı zaf-ı Aşk

Bir rütbede zafı oldu müzdad
Kim edemez oldu ah u feryad

Saye gibi düştü Aşkar'ından
Ayrıldı şirare ahkerinden

Ol mah-ı cihan hilale döndü
Mihr-i şerefi zevale döndü

Sahba-yı sabahâtı azaldı
Bir cür'a teh-i piyale kaldı

Bir zaf ki zafın intihası   1900
Belki 'ademin de maverası

Derya-yı gama habab olurdu
Aldıkça nefes harab olurdu

Bir suret idi ki bî heyula
Bî siklet-i harf özge mana

Kalmadı teninde pûşişe tâb
Bâr olur idi harir-i mehtap

Bâl ü perri rengin eylese bâz
Mülk-i 'ademe ederdi pervaz

Bir şule idi çü kirm-i şebtab   1905
Geh zahir ü gâh olurdu nâyâb

Derya idi çeşmine nigâhı
Nur-ı nigeh idi sedd-i rahı

Müstağrak-ı zaf olup o mahzun
Rengini sanırdı kulzüm-i hun

Zencir idi ona târ-ı fikri
Seyreyleyemez diyar-ı fikri

Guya rek-i pertev-i nigâhı
Tutmuştu onu çü dam-ı mahî

Zaf eyledi ol kadar füsürde   1910
Bir şule idi velik mürde

Kımransa havaya kalbolurdu
Mırlansa sadaya kalbolurdu

Azürde olup habab-ı mülden
Pejmürdelenirdi bûy-ı gülden

Tayyedemez oldu mah u sâli
Kalmadı hayata ihtimali

Ömrü güzer eyledikçe her dem
Ecza-yı teni olurdu derhem

Ecza deme cüz'-i lâ tecezzâ   1915
Taksim-i hayalden müberrâ

Her mû bedeninde sanki zincir
Olmuş veli sayesinde tasvir

Sîması görünse etsen im'ân
Cem olmuş idi 'ademle imkân

Kim görse bunu ederdi ikrar
Kim ola beka fenada derkâr

Nihâyet-i perişanî-yi Aşk

Kaldı ser-i rehte bî serencam
Ne tâb-ı sefer ne tâb-ı aram

Evzâ'-ı zamaneden ciğer-hun   1920
Peymane-i afiyet diğergûn

Ser-menzil-i kâma nâreside
Meyus-ı ebed bela-reside

Sad cây şikeste şişe-i dil
Etmişti o senglâhı menzil

Ol zaf ile hastahal ü medhuş
İzrail ile teni hemâguş

Bizar hayat-ı cavidandan
Dilşad memat-ı bî amandan

Gönülde ne cennet ü ne duzah   1925
Ne zevka ferah ne hüzne aveh

Mevc urmada bîm ü yeis ü hayret
Yok anda teessüfe liyakat

Nâbûd cihandan ilticası
Yok mevtten özge bir ricası

Mevt ise ümid-i vasla mani
Derdine değil şarab-ı nafi

Bilmez ne deva tahayyül etsin
Pây olmayacak ne raha gitsin

Mahmur idi şerbet-i kazadan   1930
Dilgir idi yâd ü aşinadan

Gayret nazarında düşmen-i can
Gelmez diline ümid-i canan

Nevmid idi vasl-i dilrübadan
Ummazdı necati ol beladan

Tevfir için ol gam-ı nihane
Eylerdi bu beyt ile terane

Hecrinle ciğer-kebap ey dost
Gel gel ki gönül harap ey dost

Residen-i Suhan

Manend-i sabah-ı feyz bir pir   1935
Geldi ser-i raha etti tenvir

Amma ki ne pir subh-ı sadık
Her sohbeti hikmete muvafik

Medd-i nazar eldeki asâsı
Pür nur melek gibi likası

Cübar-ı hayat ab-ı ruyu
Mehtap gibi sefid mûyu

Ebrusu hilal-i id-i ümit
Her cümbişi bir nüvid-i ümit

Sohbetleri hikmet-i kaderden   1940
Peygam verir ebülbeşerden

San rîş-i sefidi mağz-ı Mansur
Hak her sözü hemçü nefha-i sur

Mirat-i kemaline Aristo
Heyretle hemişe ser be zanu

İskender'e reyi meşal-i rah
Dümbale-devanı mihr ile mah

Gerdun gibi came-pûş-ı hadra
Darende-i zeyli Hızr-ı mana

Ruhulkudüs'ün emin-i razı   1945
Gencine-i vahiy kârsazı

Pür şaşaa ruyi mûyi esfid
Mehtapta hemçü kurs-ı hurşid

Vird-i lebi seb'a-i mesânî
Şagird-i kemali akl-ı sânî

Gencur-ı mücerredât-ı esma
Cem'-âver-i müfredât-ı mana

Sübbuh-künan o pertev-i can
İndi o yere çü nur-ı Kuran

Aşk'a verip istimalet-i tam   1950
Gönlün ele aldı kıldı ikram

Dedi ki tabib-i ruzgârım
Ol fen ile şöhret-i diyarım

Geldim sana eyleyim müdava
Olursan eğer benimle hempâ

Zira sana kimyaya muhtac
Derdin senin ol devaya muhtac

Durma gidelim Hisar-ı Kalb'e
Arzet bunu şehriyar-ı Kalb'e

Onun adı Hüsn-i bînişandır   1955
Bu nam ile şöhret-i cihandır

Ol malikidir Hisar-ı Kalb'in
Şahenşehidir Diyar-ı Kalb'in

Zafın senin eylemişler ihbar
Gönderdi beni o şah-ı bidar

189

Be hod ameden-i Aşk

Çün oldu bu müjdeden haberdar
Öldü vü dirildi yine tekrar

Bir müjde bu kim cemi'-i amal
Bir hal ki mavera-yı ahval

Hem bahş-ı hayat-ı cavidanî
Hem müjde-i cümle-i emani

Hep gitti o zaf geldi kuvvet
Bimar-ı gama göründü sıhhat

Bir sözle açıldı gonca-i dil
Bir şem ile ruşen oldu mahfil

Bir yana nüvid-i vasl-i kimya
Bir yana ümid-i Hüsn-i yekta

Aşk olmuş idi bu hale hayran
Gayret nazarından oldu pinhan

Ey Saki-yi Cebril-meşrep
Peymane-i vahyim et lebâleb

Bir nefha-i canla eyle pür cûş
İsa-yı zamirim etme hamuş

Sen ol bize Sakiya İsrafil
Kıl mevtimizi hayata tebdil

1960

1965

Bu bezme kılıp surahiyi sur
Eyle haşer-i kelamı mahşur

Saki Saki reva değildir
Merdân-ı Huda cüda değildir

Saki sana ruh-ı kuds derler   1970
Güftarına rah-ı üns derler

Ger aşk ile güft ü gû edersin
Dahi kimi cüst ü cû edersin

Erbab-ı suhan eğerçi çoktur
Bu neşede benden özge yoktur

Ben durdum u alem oldu hamuş
Tur etti Kelim'ini feramuş

Davud-ı dilin Zebur-hân et
Mürgan-ı süruşı bî zeban et

Amma kerem et güzel haber ver   1975
Bu defa da neşe-i diğer ver

Her neşede gerçi mest birdir
Çok ise bela Elest birdir

Amma ki çü şem'-i aşk sönmez
Bensiz bu medar-ı devr dönmez

Bir cam-ı ferahla eyle hüşyar
Ta mest olayım dü bare tekrar

Vadi-yi ferahta bir seyirdir
İnşallah fal-i hayırdır

Ol pir edip ol cüvanı hemrah   1980
Bin şevk ile kıldı azm-ı dergâh

Ol şevk ki hiç beyana sığmaz
Bir handesi asmana sığmaz

Çün oldu Hisar-ı Kalp peyda
Aşk onda ne gördü kıl temaşa

Bir kale ki sengi surh yakut
Nasut'ta bir saray-i Lahut

Her hişti mücevher ü murassa
Hurşid ile rûberû müşa'şa

Enva-ı nukuş-ı gayb memlû   1985
Esrar-ı rumuz burc u bârû

Her burcda renk renk envar
Bârûları cümle genc-i esrar

Gözler kamasır nümayişinden
Sözler tükenir sitayişinden

Bir canibi bahr-i nur-peyker
Bir canibi deşt-i mevc-i ahdar

Beş bâbı o bahr-i pake nazır
Diğer beşi hem bu hâke nazır

Beş bâb velik arş-fersâ   1990
Her kullesi Kuh-ı Kaf'a hemtâ

Her bâbda bir sürüş-ı ekrem
Çün ruh muazzez ü mükerrem

Bâl ü perri sebz nur-ı hadra
Guya ki o Kuh-ı Kaf'a Anka

Yanında nice hadem haşem var
Her şah ile bin peri sanem var

Beş bâb ki bahre nazır idi
Evsafı vera-yı hatır idi

Aşk oldu bu şehri gördü medhuş   1995
Mahvoldu ne natık u ne hamuş

Ol pir dedi ki bilmedin mi
Bu hayretten kesilmedin mi

Ta key sana bu bela-yı hayret
Yaklaştı hemin safa-yı hayret

Açıldı biraz o mah-peyker
Ekdar-ı husufu geçti yekser

Velhasıl o pir-i pak-i kâmil
Ol mah ile şehre oldu vasıl

Bir şehr bu kim vera-yı imkân   2000
Seng-i rehi cevher-i suhandân

Cû gibi ederdi cadde sur'at
Gam atmaya onda yoktu hacet

Aşk oldu bu hale mest-i serşar
Etrafını aldı cünd-i envar

Evvel bir alay sefid-hil'at
Reşkâver-i feyz-i subh-ı vuslat

Hemçün rem-i ahuyan-ı esfid
Hep came-i subh içinde hurşid

Zerrin-kaba hezar asker   2005
Zer-pûş zer-efser ü zer-â-zer

Yekpare kanatlı hur-sîma
Baştan başa her birisi kimya

Bir canibi lacivert-pûşan
Derya gibi oldular hurûşan

Zer-pûşlar oldu onda nâyâb
Gerdunda misal-i necm-i bîtap

Diğer nice surh-pûş-ı pür cûş
Her biri bihişt ile hemâguş

Her birisi mihr ü maha hemser   2010
Cennet veli şule-zâra benzer

Bir canibi bir güruh-ı memduh
Yekpare zümürrüd idi zî ruh

Bir cünd-i şerif-i sebz derya
Emvacı hayat-ı can-bahşa

Bir canibi hep siyah-pûşan
Leyl içre çü encüm-i dirahşan

Tarife değil birisi muhtac
Şam idi velik şam-ı mirac

Velhasıl o ceyş mevc der mevc   2015
Sad renk ile geldi fevc der fevc

Elvan ile her güruh-ı yekta
Envar-ı mücessem idi guya

Pertevleri kıldı renk der renk
Envar-ı hayali ceng der ceng

Amma ki zemin-i kale-i pak
Ayine idi çü akl-ı derrak

Her âkisten ol zemin-i pür nur
Gösterdi hezar ruh-ı mahşur

Var onda nice saray-i âlî   2020
Zât'üs-Suver'in kamu misali

Amma bunlarin nukuşu zî ruh
Bî can değildi hemçü yebruh

Her revzen-i hanesinde hazır
Bin duhter-i şah-ı Çin nazır

Vakta gelip ol güruh-ı envar
Ta'zim ile Aşk'a oldular yâr

Kıldılar o şaha cümle hizmet
Adab ile destbus-ı bey'at

Bir taht-ı münevver oldu peyda   2025
Ol pir ile Aşk oturdu hemta

Aldılar o şahı eyleyip azm
Seyrana o şehri kıldılar cezm

Her köşede nice bağ u bustan
Her birisi reşk-i bağ-ı Rıdvan

Gencineler onda aşikâre
Memzuc idi cevhere sitare

Bir nice umur-ı gayr-i makul
Her nazrada Aşk'a oldu mahsul

Yâd eyleyip ol heva-yı Hüsn'i   2030
Gözlerdi hemin saray-i Hüsn'i

Nâgâh göründü bârgâhı
Bir kasr-ı garib-i padişahî

Yekpare zümürrüd ü zeberced
Her revzeni cennet-i muhalled

Mestur-i hezar perde-i gayb
Aşude-nişin-i rayb ü lâ rayb

Tahtından inip yanından ol pir
Ol kasra erişti ta be tedbir

Aşk etti bir iki saat aram   2035
Ta kim gele pir vere peygam

Bir gulgule koptu kasr içinde
Kim görmemiş idi asr içinde

Avaz-ı sürur-ı ney ü tambur
Bir velvele hemçü nef'ha-i sur

Avaze-i tabl-ı şadmanî
Asar-ı neşat-ı cavidanî

Bir perde açıldı nâ be hengâm
Aşk oldu tahayyür ile sersem

Bir hal-i garip oldu peyda   2040
Kim eylemez idi Aşk hulya

Kim Gayret ü Hayret ile İsmet
Geldiler ona berayı hizmet

Hem dahi Suhan o pir-i enver
Molla-yı Cünun da besberaber

Tebşir kılıp Suhan mukaddem
Dedi ki eya hıdiv-i ekrem

Bu hali bilirmisin hele sen
Sen kandasın u dahi kimim ben

Bu şehr ne şehr-i dilsitandır   2045
Bu bağ ne bağ u bustandır

Seyr ü seferin ne rahtandır
Zor u hünerin ne şahtandır

Yâdında mıdır Beni Muhabbet
Nüzhet-geh-i Mana cây-ı vuslat

Bu işte o bağ-ı bî bedeldir
Bu hane henüz ol mahaldır

Kim bunda ne gul var ne evham
Ne dev-i siyah u zişt-peygam

Ne ateş-i sihr ü ne şita var   2050
Ne bîm-i helak ü ne bela var

Bilcümle neşat-ı cavidanî
Enva'-ı şürur u şadmanî

Fehmeyle ki bu garip sırdır
Erbab-ı ukule müstetirdir

Ben ol Suhan'ım ki edip ikdam
Çehten sana rahı ettim i'lam

Cadıya helak eden ben idim
Bu yolları pak eden ben idim

O bülbül o tuti-yi suhan-gû   2055
Hem ben idim ol tezerv-i dilcû

Ol pir-i tabib-i pak tıynet
Bendim sana eyledim delalet

Geldim yine davet-i visale
Vakıf ola gör meal-i hale

Bulmaya zuhur bu mebahis
Bir kec-nazar olmuş idi bais

Kim Aşk Hüsün'dir ayn-ı Hüsn Aşk
Sen rah-ı galatta eyledin meşk

Birlikte bu kıylükal yoktur   2060
Ol farzda hiç muhal yoktur

Var imdi gör ol melek-likayı
Seyreyle ki Hüsn-i bî behayı

Ta cümle nihan iyan ola hep
Evvelki iyan nihan ola hep

Hem rahların bu raha erdi
Aşk ancak o padişaha erdi

Molla-yı Cünun u Gayret İsmet
Hem kaldı geri Beni Muhabbet

Hem üns-i Suhan nihayetindir   2065
Bundan ilerisi Hayret'indir

Filvaki alıp o şahı Hayret
Açıldı süradıkat-ı vuslat

Buldu bu mahalde kıssa pâyan
Bundan ötesi değil nümayan

Sad şükr ola Hayy-i lâ yemûta
Kim erdi söz alem-i sükuta

———————

Tarz-ı selefe takaddüm ettim
Bir başka lugat tekellüm ettim

Ben olmadım ol güruha peyrev   2070
Uymuş beli Gencevi-ye Husrev

Billah bu özge maceradır
Sen bakma ki defter-i beladır

Zannetme ki şöyle böyle bir söz
Gel sen dahi söyle böyle bir söz

Erbab-ı suhan tamam malum
İşte kalem işte kişver-i Rum

Gördün mü bu vadi-yi kemini
Divan yolu sanma bu zemini

Engüşt-i hata uzatma öyle   2075
Beş beytine bir nazire söyle

Az vakitte söyledimse onu
Nâpuhteliğin değil nişanı

Gördük nice şahlar gedalar
Bir anda yapar onu babalar

Gencinede resm-i nev gözettim
Ben açtım o genci ben tükettim

Esrarını Mesnevi'den aldım
Çaldım veli miri-malı çaldım

Fehmetmeye sen de himmet eyle   2080
Ol gevheri bul da sirkat eyle

Çok görme bu hikmet-i beyanım
Tevfika havale eyle canım

İn dem ki zi şairî eser nist
Sultan-ı suhan menem diğer nist

Ey hâme eser senin değildir
Ey şeb bu seher senin değildir

Envar-ı füyuz-ı mürşid-i Rum
Afaka füruğum etti malum

Kıldı beni tıfl-ı mısra-âsâ   2085
Doğdum doğalı suhanla ber pâ

Ben tıfl idim eylemezdim ülfet
Bulmuştu sözüm tamam şöhret

Bîminnet ü ustad-ı talim
Sername-i tab'ım etti tanzim

Allah Allah zihi inayet
Nâ baliğe hikmet-i belagat

Feyz erdi cenab-ı Mevlevi'den
Aldım nice ders Mesnevi'den

Guya ki o bahr-i bîgirane   2090
Olmuş hum-ı renkten nişane

Dil hemçü şegal o bahre düştü
Hemcinslerim başıma üştü

Tavus-ı bihişte eyledim naz
Amma ki yok iktidar-ı pervaz

Boş boşuna neyveş ettim efgan
Ben söyledim oldu şem giryan

Olmuştu bu sîne dîk-i hikmet
Nimet leb-i gayre oldu kısmet

Meh gibi açıldım u dolundum   2095
Vakt ahir olunca boş bulundum

Sînemde ne aşk var ne tâbiş
Ebna-yı zamana bir nümayiş

Müjdemden alındı aşinalar
Gitti hepisi deyip dualar

Ben kaldım o söz lebimde kaldı
Keşti-yi murat lenger aldı

Canımda ne suziş-i talep var
Gönlümde ne neşe-i tarab var

Bu resme kalır gidersem eyvah   2100
Tevfikına mazhar ede Allah

Galip bu ceride-i cefanın
Tarihi olur *hitamuhul-misk*

Modern Language Association of America
Texts and Translations

Texts

Anna Banti. *"La signorina" e altri racconti*. Ed. and introd. Carol Lazzaro-Weis. 2001.

Adolphe Belot. *Mademoiselle Giraud, ma femme*. Ed. and introd. Christopher Rivers. 2002.

Dovid Bergelson. *Opgang*. Ed. and introd. Joseph Sherman. 1999.

Elsa Bernstein. *Dämmerung: Schauspiel in fünf Akten*. Ed. and introd. Susanne Kord. 2003.

Isabelle de Charrière. *Lettres de Mistriss Henley publiées par son amie*. Ed. Joan Hinde Stewart and Philip Stewart. 1993.

François-Timoléon de Choisy, Marie-Jeanne L'Héritier, and Charles Perrault. *Histoire de la Marquise-Marquis de Banneville*. Ed. Joan DeJean. 2004.

Sophie Cottin. *Claire d'Albe*. Ed. and introd. Margaret Cohen. 2002.

Claire de Duras. *Ourika*. Ed. Joan DeJean. Introd. Joan DeJean and Margaret Waller. 1994.

Şeyh Galip. *Hüsn ü Aşk*. Ed. and introd. Victoria Rowe Holbrook. 2005.

Françoise de Graffigny. *Lettres d'une Péruvienne*. Introd. Joan DeJean and Nancy K. Miller. 1993.

M. A. R. Habib, ed. and introd. *An Anthology of Modern Urdu Poetry*. 2003.

Sofya Kovalevskaya. *Nigilistka*. Ed. and introd. Natasha Kolchevska. 2001.

Thérèse Kuoh-Moukoury. *Rencontres essentielles*. Introd. Cheryl Toman. 2002.

Emilia Pardo Bazán. *"El encaje roto" y otros cuentos*. Ed. and introd. Joyce Tolliver. 1996.

Rachilde. *Monsieur Vénus: Roman matérialiste*. Ed. and introd. Melanie Hawthorne and Liz Constable. 2004.

Marie Riccoboni. *Histoire d'Ernestine*. Ed. Joan Hinde Stewart and Philip Stewart. 1998.

Eleonore Thon. *Adelheit von Rastenberg*. Ed. and introd. Karin A. Wurst. 1996.

Translations

Anna Banti. *"The Signorina" and Other Stories.* Trans. Martha King and Carol Lazzaro-Weis. 2001.

Adolphe Belot. *Mademoiselle Giraud, My Wife.* Trans. Christopher Rivers. 2002.

Dovid Bergelson. *Descent.* Trans. Joseph Sherman. 1999.

Elsa Bernstein. *Twilight: A Drama in Five Acts.* Trans. Susanne Kord. 2003.

Isabelle de Charrière. *Letters of Mistress Henley Published by Her Friend.* Trans. Philip Stewart and Jean Vaché. 1993.

François-Timoléon de Choisy, Marie-Jeanne L'Héritier, and Charles Perrault. *The Story of the Marquise-Marquis de Banneville.* Trans. Steven Rendall. 2004.

Sophie Cottin. *Claire d'Albe.* Trans. Margaret Cohen. 2002.

Claire de Duras. *Ourika.* Trans. John Fowles. 1994.

Şeyh Galip. *Beauty and Love.* Trans. Victoria Rowe Holbrook. 2005.

Françoise de Graffigny. *Letters from a Peruvian Woman.* Trans. David Kornacker. 1993.

M. A. R. Habib, trans. *An Anthology of Modern Urdu Poetry.* 2003.

Sofya Kovalevskaya. *Nihilist Girl.* Trans. Natasha Kolchevska with Mary Zirin. 2001.

Thérèse Kuoh-Moukoury. *Essential Encounters.* Trans. Cheryl Toman. 2002.

Emilia Pardo Bazán. *"Torn Lace" and Other Stories.* Trans. María Cristina Urruela. 1996.

Rachilde. *Monsieur Vénus: A Materialist Novel.* Trans. Melanie Hawthorne. 2004.

Marie Riccoboni. *The Story of Ernestine.* Trans. Joan Hinde Stewart and Philip Stewart. 1998.

Eleonore Thon. *Adelheit von Rastenberg.* Trans. George F. Peters. 1996.